目　　录

巧言妙计

戏谑嘲笑

奇 闻 趣 事

幽默本身的秘密源泉是欢乐，而不是悲伤。

也湿了

　　飞机起飞不久，广播里传来一个愉快的声音："女士们，先生们，我是你们的机长，欢迎大家乘坐本次航班。我很高兴地告诉大家，前方天气情况良好，高空气流也很正常，现在……噢，天哪！"他说到这里，突然发出一声恐怖的惊叫，所有的乘客都吓坏了，连空中小姐们也吓得说不出话来。

　　过了一会儿，广播终于又响了，机长抱歉地对大家解释说："女士们，先生们，对不起，刚才让诸位受惊了。这里确实发生了一个小小的意外，但不是飞机的问题。乘务员给我送咖啡的时候，不小心把咖啡洒到我的衣服上了。不信，你们可以来看看我的衬衣，都湿透了！"

　　这时，机舱里的一个乘客怒气冲冲地向他的邻座抱怨："他的衬衣湿了有什么稀奇，看看我的裤子吧！"　　　　（小　民）

士兵与修女

第二次大战期间,米勒是空军第七大队的战斗机飞行员,经常奉命轰炸敌方的重要军事设施。这天,米勒接到一项命令,要他炸毁八百公里外敌占区的敌军需供应站。

凌晨二时许,他们穿过茫茫夜空,到达目标上空。不料,敌人也发现了他们,一条条火舌从地上伸向夜空。不幸的是米勒驾驶的飞机被一颗炮弹击中,他被迫跳伞。

降落伞落在一所修道院附近。这所修道院同时也是教习医院,许多女孩子在那儿当见习护士。米勒苏醒过来的时候,发现一位女士正在替他包扎伤口。她悄悄地对米勒说:"您现在根本出不去,只能藏在这里。不过,我们修道院都是女孩子,您得男扮女装。而且,您必须遵守修道院的一切制度。"

　　米勒很感激有这么一位热心的女士为他的生命担当风险。他答应了那位女士的建议,戴上假发,穿上护士制服,待在自己的小屋子里,每天修面两次,从远处,根本分辨不出米勒的男儿身。

　　但这样下去的确是一种困难的生活。米勒很孤独,因为他不得不避免与任何人交谈。没有人可以诉说心中的苦闷,甚至是高兴的事儿也只有一个人独自享受。更加麻烦的是,他恋爱了,爱上了护士阿嘉莎。

　　阿嘉莎是一位文静而腼腆的姑娘,每一次碰上米勒温情脉脉的目光,便急忙抽身而去。这一下更使米勒痛苦,他白天想的是她,夜里梦的还是她。

　　思恋的日子折磨着米勒,米勒终于再也装不下去了。一天,他看到阿嘉莎独自一人在餐厅里忙着,便走过去,把她挡在里面:"阿嘉莎,请听我讲,我真的很爱你。"说完,他忙摘下假发,脱下护士服,露出一身男儿本色。

　　阿嘉莎惊讶不已,大张着嘴巴,连声说:"这怎么可能,这怎么可能!"说完,也脱下护士服,除去假发:原来"阿嘉莎"也是一个男儿。

　　　　　　　　　　　　　(谈政华　柯天香　编译)

骚扰电话

一位年轻漂亮的太太，每天下午丈夫不在家时，就有一个陌生男子给她打电话。那家伙用一种很柔和的声音问她："太太，请问你的身材是不是很美?"这是什么话？她听了很生气，一怒之下就把电话挂断了。

后来，时间长了，太太产生了一种好奇感，心想：反正每天下午丈夫也不在家，怪闷的，跟个陌生男人聊聊也挺刺激。于是，这天下午，当那个男子又打电话问那个老问题时，她壮着胆子反问道："我身材很美又怎么样?"

"如果真是这样的话，"那个男子顿了顿，忽然换了口气，恶狠狠地吼道，"太太，那请你转告你的先生，要他多珍惜，多利用你那美丽的身材，别再每天下午跟在我太太屁股后面骚扰她了!"

（吕晓将）

导师的愿望

一个博士生导师带着他的两个研究生在路上散步。

突然，一个学生发现路边草地里有一盏破旧的油灯，就走过去把它捡起来，并用手擦了擦表面的灰尘。

猛然间只听到"砰"的一声，油灯冒出一团烟雾，一个巨大的精灵出现在3个人面前。只听那个精灵说："我已经在里面关了900年了，为了感谢你们把我释放出来，我可以满足你们每人一个要求！"

第一个研究生兴奋地说："乖乖！我还以为童话里才有精灵呢，没想到真能遇上！我从小就有一个梦想，想驾着一艘游艇去环球航行！"

"没问题！"精灵打了个响指，那个研究生瞬间消失了。

第二个研究生连忙说:"我想带女友去夏威夷度个浪漫的假期!"

"你倒很会享受呢!"精灵一弹响指,那个研究生也不见了。

最后,精灵问德高望重的博士生导师:"老教授,您有什么愿望?"

博士生导师看了看手表,严肃地说:"半小时以后,让他们两个在实验室等我。"

（孔拥军　编译）

最伟大的击剑手

　　世界最佳击剑手的劈苍蝇表演正在进行,首先出场的是排名第三的击剑手。随着一道寒光,剑在空中划了一个弧,击剑手将苍蝇劈成了两半!全场观众欢呼起来。紧接着,排名第二的击剑手出场,他干净利落地将一只苍蝇劈成了四半,赢得了全场更热烈的欢呼。

　　最紧张的时刻到了,世界排名第一的击剑手出场表演了。只见他从容不迫地将长剑在空中一划——可是,居然当众出了丑,那只苍蝇还在继续飞行!观众们惊呆了,然而击剑手却在微笑,他向全场观众的解释语出惊人:"不错,这家伙还活着,但它永远也做不成爸爸了。"

（纳兰漠）

公牛追约翰

两个朋友,一个叫彼得,一个叫约翰,相约结伴去英格兰度假。一个美丽的早晨,他们出去散步,沿着一条山路走了好几英里。

当这两个朋友穿过一片草地时,一头受惊了的公牛向他们冲过来。彼得看到奔过来的公牛,惊呼一声,急忙爬上了身旁的一棵大树。

约翰动作慢了点,来不及上树,他看到地面有一个大坑洞,于是就一头跳进去,隐蔽起来。

那头疯狂的公牛奔过来,没注意到这个大坑洞,飞快地从洞口冲了过去。约翰一看公牛跑了,迅速从坑洞里钻出来,跑了开去。

公牛听到动静,转过身子,发现了约翰,于是又追过来,约翰只好往回跑。

跑到坑洞口,约翰又跳进坑里藏起来,等公牛跑过去,他又急忙钻出来。

哈,公牛这回是盯上他了,一发现背后的动静,立刻追过来,约翰只得再次跳进坑里。

这样反反复复好几次,树上的彼得终于忍不住喊起来:"嗨,你怎么这么笨!你躲在坑洞里不出来,等疯牛跑远了不就行了吗?"

"你真是站着说话不嫌腰疼。"约翰气喘吁吁地朝他的朋友嚷道,"这个坑不是空坑,坑里还有一只黑熊在睡觉!"

（王　建）

奇妙的喇叭

　　博士到南方腹地探险，回来不久，朋友就来拜访。朋友好奇地探问道："你们探险队这次远行，一定有不少奇妙的故事吧？"

　　"探险队？"博士仰头哈哈大笑，"哪里有什么探险队，我们只去了两个人，我和向导。"

　　"两个人？"朋友满脸疑惑，"真是不可思议，你们两个人怎么对付那些凶猛的野兽？光是打野兽的枪支弹药，你们两个人也搬不动啊？"

　　"哈哈！"博士得意地朝朋友眨眨眼睛，"我们这次带着一样好东西，可派上大用处啦！我拿给你看看。"博士走到隔壁房间，拿来一个细长的玩意儿。

　　朋友接过来一看，这东西形状像喇叭，但不像普通的喇叭那么简单,它前面装有小灯泡,侧面装着一只像是望远镜的东西。

"这算什么?"朋友不解地问。

"这是我发明的专门驱赶野兽的喇叭。"博士兴致勃勃地解释说,"望远镜用来识别目标,驱赶物一旦进入它的镜头范围,它就会自动发出令驱赶物害怕或厌恶的声音,因为上面装有灯泡,所以晚上也能使用。"

"真有那么大威力?"朋友表示怀疑。

博士也不答话,正好看到院子里有只小猫,就举起喇叭,瞄准小猫吹起来,吹出的是一阵狗吠声,小猫立刻逃之夭夭。

博士得意极了,说:"看到了吗? 如果是老鼠,吹出的就是猫叫声;如果是鸟类,那么吹出的就是老鹰拍翅俯冲的声音。"

朋友听得目瞪口呆:"这么说,这次探险没有什么让你们感到害怕的啰?"

"是呀!"博士答道,"不过回来以后倒是碰到过一件怕人的事。那天我半夜醒来,突然发现床前站着一个小偷,正在摸我床边衣服口袋里的钱。幸亏那天喇叭就放在床边柜上,我一把抓过来就朝他吹起来,他立刻就吓得逃走了。"

"喇叭发出什么声音呢? 猫叫? 狗叫?"

"不,"博士微微一笑,"是警车的鸣笛声。"

"真的?"客人惊叹不已,"看起来,这喇叭真是奇妙无比啊! 不过,它如果对着平常人吹,会吹出什么声音来呢? 譬如对我。"

"那怎么能随随便便使用呢?"博士摇摇头,走到隔壁房间,要把喇叭收起来。

朋友等着博士返回。这时候只听隔壁响了十下钟声,乖乖,怎么时间过得这么快? 朋友对博士说:"对不起,都已经十点了,我的表大概停了,我得告辞了。"说罢,便离开了博士家。

博士笑了。原来,刚才的钟声是喇叭里吹出来的,朋友坐着不走,博士没法工作了。

(肖阜松　编译)

悬念

　　有一天,舒拉坐电车去体育场。车子上,有个大学生模样的年轻小伙子正在给他的同伴讲故事,故事的内容深深地吸引着舒拉。

　　故事是这么说的:

　　一个有钱的英国人非常喜欢小鸟,这天,他去动物商店,要营业员帮他挑一个最好的鹦鹉。于是营业员便建议他买那个停在横杆上的鹦鹉,商店开价是一万元。营业员介绍说,这只鹦鹉训练有素,是目前同类中独一无二的,如果拉一拉拴在它左腿上的绳子,它就会朗诵名诗,如果拉一拉拴在它右腿上的绳子,它就会高唱圣歌。"太好了,太好了!"英国人听到这里,忍不住连连拍手叫好,他毫不犹豫地掏出钱,把这个鹦鹉买了下来。

英国人兴高采烈地带着鹦鹉走出商店,突然又转回身来问营业员:"如果我同时拉鹦鹉两只脚上的两根绳子呢?"

年轻小伙子正说到兴头上,这时候电车正好进站,他的同伴便急急忙忙把他拉下了车。

故事的结局会是怎么样的呢?这个悬念把舒拉搅了整整一个晚上,但他最终却什么也没有想出来。

后来卫国战争爆发了,舒拉在守卫列宁格勒的部队服役。这天,在战役间歇中,一个战友对舒拉说:"喂,伙计,我给你讲一个有趣的笑话。有家商店里出售一只珍贵的鹦鹉,它的两条腿上都拴着一根绳子,拉左边的那根,它就朗诵名诗,拉右边的那根,它就高唱圣歌……"

战友这番话把舒拉的好奇心又重新吊了起来,"后来怎么样?"舒拉急不可待地追问道。那个战友刚想说下去,营长派人来叫他,他立刻就走了。这个战友自此再也没有回来,他在执行任务时牺牲了。

战后,舒拉被抽到巡回演出小分队。在加里宁格勒演出期间,有一次,舒拉和马戏团的报幕员在一起。间歇时,那报幕员说:"喂,我给你讲一个有趣的笑话:有家商店出售一只两条腿上分别拴着一根绳子的鹦鹉……""结果怎么样?"舒拉的心简直要跳出来了,他不等报幕员说完,就急着追问结果。可是天下偏偏就有这样的巧事,报幕员要上场去报下一个节目了。而且说出来谁也不会相信,就在报幕的时候,这个报幕员突然心脏病发作,被送进了医院,第二天就转到莫斯科去了,直到巡回演出结束,他一直没有回来。

原本是一个普普通通的小故事,但由于这一次次近乎传奇的讲述经历,使它披上了一层神秘的色彩。事隔三年,故事的结局始终是一个深深的悬念,缠绕在舒拉的脑海里。

三年后,舒拉因公出差又来到加里宁格勒,有人告诉他,那个报幕员现在在加里宁格勒电台工作。

办完公务,离开加里宁格勒的前一天,舒拉来到了电台。推开办公室的门,那报幕员立即叫了起来:"噢,天哪!我这是看见了谁呀?"

舒拉赶紧摆摆手:"安静,安静!别太激动,要知道你有过心脏病。"

那报幕员让舒拉坐下,给他倒了一杯水,问道:"你好吗?"

舒拉咽了口唾液,顾不得寒暄应酬,开口就问:"腿上拴着两根绳子的鹦鹉,后来怎么样了?"

"什么鹦鹉?"报幕员丈二和尚摸不着头脑。

"就是那个故事,一个英国人在商店里买鹦鹉……"

"噢——"报幕员笑了,"当那个有钱的英国人问营业员,如果同时拉鹦鹉腿上的两根绳子,鹦鹉会怎么样时,那只鹦鹉说话了:'笨——蛋,那我不就从杆子上掉下来了吗!'"

(朱敬平 熊尚云 编译)

清醒与糊涂

　　纽约有一个亿万富翁叫迈克,妻子娶过好几个了,可都没给他生过一男半女。眼看自己就要见上帝了,这亿万家产谁来继承?大富翁为此忧心忡忡,不得已在 49 岁时又娶了一个妙龄女郎为妻。

　　不久,迈克有了个惊奇的发现——他的妻子怀孕了!

　　迈克兴冲冲将这事告诉了他的保健医生,他想让保健医生一起分享他的快乐。

　　保健医生听罢,笑了笑,平声静气地对迈克说:"亲爱的迈克先生,您提起这件事,使我想起了我的邻居。我这个邻居喜欢打猎,可是又爱丢三落四的。一天,他外出打猎,误把雨伞当作猎枪带走了。他正在寻找猎物,突然一头凶猛的雄狮向他扑过来,他连忙拿起雨伞向狮子瞄准,扣动扳机,'砰'的一声,那头狮子倒在了血泊里。"

迈克听到这里,摇着头道:"那不可能! 肯定是别人射中的。"

保健医生答道:"亲爱的迈克先生,看来您还不糊涂。"

(荆庚红　编译)

问

路

　　从前，在美国开汽车作长途旅行，是要冒很大风险的，旅行者常常被强盗打劫。

　　可是杰克逊上校不信这个邪，他决定从西海岸的旧金山出发，到东海岸的纽约"收兵"，开车横穿美国。

　　上校开车上路了！半个月过去，一切顺利。

　　这天，他的车迷了路，越开越觉得不对劲。此时，他发现路旁有户人家，就去叩门问路。

　　女主人问清楚上校的目的地后，就指引他上了一条乡间土路。但上校开出足有80公里时，他发现路越来越窄，车越来越难走，最后不得不在一间孤单农舍前停住。

　　一对农民老夫妇从农舍里走了出来，带着极强烈的好奇心，他们盯着他的车，前前后后看了老半天。

上校发现前面已无路可走，只得掉转车头往回开。

当车又开到那个指路妇女的住处时，上校怒气冲天地从车上跳下来，找到那妇女，责问道："你为什么故意给我指错路？"

妇女红着脸，一边道歉，一边解释："对不起，先生。因为我父母住的地方太偏僻了，他们从来没见过汽车是什么样子的，我只是想借这个机会让他们看一下罢了！"

（崔叶盛　编译）

两个爱尔兰人

两个爱尔兰人坐在酒吧里喝酒。

其中一个问另一个："你是哪儿人？"

另一个答："我就住在此地,都柏林,不过我生在科克郡。"

"不是开玩笑吧?"这一个嚷道,"我也生在科克郡,现在也住在都柏林……咱们再来一杯吧! 你生在科克郡什么地方?"

另一个答："我生在我妈妈的房子里,门前有一条小河,从萨克村南边流过。"

"上帝保佑!"这一个叫道,"你能相信吗? 我也是生在我妈妈的房子里,也离萨克村不远! 那么你是在哪个学校上的学呢?"

"我上学是在镇上的圣母受难学校。"另一个答道。

　　这一个一听,顿时兴奋得不能自已,他大声喊了起来:"天啊,太不可思议了,我也是在那所学校上的学! 这个世界真是太小了! 老板,再给我们来一杯!"

　　两个人就这样越谈越喝越起劲。

　　这时,电话铃响了,酒吧老板拎起听筒:"这儿是克兰西酒吧。噢,今天晚上没什么新鲜事儿,只是奥哈拉家的那对双胞胎又喝醉了……哈哈哈哈!"

　　　　　　　　　　　　　　　　　　(周风华　供稿)

谁进天堂

三个人死了,他们一起去天堂。

在天堂的门口,一个天使拦住了去路,对他们说:"很抱歉,天堂现在人口过剩,住房紧张,我只能让你们中的一个人进去,请告诉我,你们是怎么死的,谁的故事最好,就让谁进天堂。"

三个人想了一下,同意了。

第一个人的故事是这样的:

"我住在一幢高层公寓的 25 楼。每天我一上班,邻居就会给我打电话,说有一个陌生男人进了我的家,和我的太太鬼混!开始我还忍着,后来实在受够了电话里的唠叨,最后决定在一天中午回家看个究竟。事情果真如此!推开门,我就看见我妻子衣衫不整地坐在床上,满脸惊慌。当时,我怒不可遏,满屋子找那个混蛋——桌子后面、衣橱里、床底下，可是哪儿都没有找到。这时，我突然看见有一双手扒着阳台的窗沿！我冲过去，看见一个人吊在那里，他的裤子褪在腿上。'哼，看你朝哪儿躲?'我立刻脱下皮鞋，用力砸他的手，一下、二下、三下……终于，他从25楼掉了下去，摔在楼前的帆布篷上，可是还没有死。为了解恨，我也不知哪来的力气，把厨房里的冰箱搬了出来，从阳台上对准他推了下去。由于过分激动，就在这个时候，我突然心肌梗塞，死了。"

第二个人接着说了他的故事：

"我是一个专门清洗高楼外墙的清洁工。那天我在27楼擦窗，挂在保险钩上的裤带突然断了，我掉了下去，慌忙中扒住了一户人家的窗台。我正庆幸自己可以死里逃生，谁知这时从那家窗里探出个脑袋，随后他不容分说，脱下脚上的皮鞋就狠命地砸我的手。我掉了下去，不过这时我还活着，可猛然间一个冰箱砸到我的头上，于是我死了。"

最后是第三个人的故事：

"嗯，那个时候我正躲在冰箱里盘算着如何脱身呢，想不到……"

（蔓　石　编译）

跌　　倒

　　海边有个渔村,村里人靠捕鱼为生,所以年轻一点的男人常年出海在外。

　　男人一出海,女人就很寂寞,于是不时就有红杏出墙的花边新闻传来。不过,那些女人干了这种事后,又常常觉得后悔,便到村里的牧师那儿去忏悔。

　　次数一多,牧师感到很烦,就对这些女人说:"偷情的事说出去不好听,就是'偷情'这两个字也太刺耳,以后你们最好把这两个字改成'跌倒',你们只要讲'跌倒',我就知道是这种事儿了。"

　　就这样过了几个月。

　　这天,这个牧师要调到别的地方去了,村长来送他。牧师把那些女人忏悔的事说了个大概，并关照村长，不要忘了转告以后新来的牧师关于这个"跌倒"的意思。

村长是个马大哈，一转身，就把牧师的关照忘了个一干二净。

新牧师到任第一天，就有个女人找来，红着脸，低着头，喃喃道："我……我昨晚'跌倒'了……"

牧师轻轻安慰道："跌倒？跌倒了，再爬起来不就行了……"

可是牧师话没说完，那女人就转身走了。看着她疾走的背影，牧师大感不解。

过了几天，又有个女人来见牧师："我……我'跌倒'了。"

牧师脱口说："怎么又跌倒一个？"

话音刚落，只见那女人脸一红，拔腿就走。

一连几天，总有来找牧师说"跌倒"的。牧师终于忍不住了，他当即把村长找来，说："我才来了这么些天，就连着听到女人们说跌倒的事儿，你是不是该考虑叫人修修路了？"

村长这才突然想起老牧师离任时，让他转告关于"跌倒"的意思，顿时乐得哈哈大笑。

新牧师自然不明所以："你……你笑什么，我可是说正经的，你夫人这几天就已经连着跌倒三次了！"

（王　晋　编译）

如此父子

老布朗住在一个城市里,他虽然没在哪家公司工作,可手头上从不缺钱花。那么钱是哪里来的? 偷来的。虽说偷东西风险大,可他手段高明,从来没犯过事,所以他的朋友中,没有一个人知道他是小偷。

一天,他的一个朋友来拜访他,碰巧他出门了,还没有回来,他的儿子接待了拜访者,并请进客厅喝杯茶。

大约半个小时后,老布朗回来了。老朋友见面,不免客气一番。

过了片刻,老布朗的朋友说:"我这次来,主要是看看你,还有就是把借你的 500 英镑还给你。"

说罢,就立起身掏钱,可左掏右掏,掏了十七只口袋,就是找不着钱包。朋友一急之下，汗都冒出来了。

老布朗忙问："出了什么事了?"

"我的钱包不见了，可刚才明明还在口袋里呢。"

"谁到过这地方?"

朋友抬头看看老布朗，好半天才说："只有你的儿子。"

"啊，我知道了。"老布朗自言自语道，他安慰着朋友，"不要着急，我去把你的钱包找回来。"

过了一会儿，老布朗手里拿着钱包过来了。

他的朋友看见钱包，高兴地说："是我的钱包，是我的钱包，谢谢。"朋友接过钱包，对老布朗说："小孩子拿钱包玩玩，没关系。你没有责怪他吧?"

"嘘，不要说那么大的声音，"老布朗轻声说道，"我从他口袋里拿出钱包，他还没有发觉哩!"

（马　力）

逃学

汤姆不喜欢去学校，他的母亲很为他担心。

这天早晨，母亲走进汤姆的卧室，边拉开窗帘边对汤姆说："现在该起床了，你不能整天躺在床上。"

但是汤姆不想起床。

他母亲说："不要再睡了，再睡下去，你去学校就要迟到了。"

十五分钟后，汤姆来到厨房。他母亲又催他说："快点，现在已经八点了。"

"别着急，"汤姆对母亲说，"我今天不去学校了。"

"为什么不去？难道今天是假日吗？"

"不，不是。"

"那你为什么说'不'？"他母亲坐到他旁边，握住他的手，关切地说,"告诉我,汤姆,为什么你那么不想去学校?"

沉默了几分钟,汤姆吞吞吐吐地回答道:"因为老师们都不喜欢我,同学们也不喜欢我。"

"汤姆,"他母亲叹了口气,说,"听你这么说,我很难过。但是,你还是不能待在家里。"

"为什么不能?"

"亲爱的,这有几个理由。第一,你今年已经35岁了;第二,你是这个学校的校长。"

(宋 颖)

健忘的教授

李斌在格莱德堡大学读书时,碰上了一个名叫伊里奇的教授,他才华惊人,可有个毛病:健忘。

那时,李斌在文学系读研究生,有伊里奇教授的一门"文学概论"课。那天,伊里奇教授走进教室,看见了坐在第一排的李斌,立刻神采飞扬地说:"噢,新来了一个外国学生! 你好,欢迎你来听我的课,你叫什么名字? 来自哪个国家?"

李斌站起来,恭恭敬敬地向教授通报了自己的姓名和国籍。

"啊,中国来的,那是一个创造智慧和文明的国家,我很崇敬她。"

"谢谢您,教授。"

"下面开始上课。"教授博学多才,没有教科书,没有教案,他却口若悬河,滔滔不绝。

一个星期后,李斌来上第二课,由于来晚了,没有空位子,便坐到了最后一排。

教授准时走进教室,他的眼光落到了最后一排的李斌身上:"噢,又来了一个外国学生! 你好,你叫什么名字? 来自哪个国家?"

李斌不好意思当众提醒教授他们已经见过面,只好站起来再次通报了自己的姓名和国籍。

"啊,中国来的,那是一个值得尊敬的国家。"

第三次上课时,李斌刚进教室,一个意大利的同学就嚷开了:"李,你今天可别再换位子了,赶快老老实实坐在第一排,否则,伊里奇教授又该认第三个外国学生了。"

他这一说,同学们全都乐了。

一会儿,伊里奇教授走进了教室,他看见了第一排的李斌,这次倒没有说"噢,又来了一个外国学生",而是瞪大了眼睛问:"坐在最后一排的那个中国学生怎么没来?"

话音刚落,教室里顿时哄堂大笑……

（刘志新）

血拇指

一天,哈里到一个陌生的镇上去,在一家咖啡馆里碰到了一位老头。

那老头一见哈里,便像老朋友一样迎上前去,问道:"你听了昨天的新闻广播吗?"说着,老头向侍者要了一杯咖啡。

"没有。"哈里说,"有什么令人兴奋的消息吗?"

"令人兴奋?不,对我来说是特别、特别地令人悲痛——一群饿狗咬死了我最好的朋友乔治,而且,还把他一口一口给吞食了!"说到这里,老人显得十分沉痛。

"天哪!"哈里惊叫起来,"我太难过了。那么,这一切是怎么发生的呢?"

老头说:"乔治在山坡上的橄榄树林里干活,这时,一群饿得眼睛都发红的野狗围住了他。当然,具体的经过谁也没有亲眼见着,我是第二天早上到那片林子里去……"

"你发现了他的尸体?"哈里迫不及待地问。

这时,老头的咖啡已经喝了一半,他摇摇头,说:"尸体? 不,没有! 我刚才说过了,那是一群饿狗,对不对? 林子里只有一些骨头四处散落,但是我发现了这个——"

老头展开了他一直握在手心里的一个火柴盒……

哈里一看,眼睛都瞪直了:盒子里放的是人的一截大拇指,拇指下面垫的白布已经被鲜血染红了!

老头悲痛地说:"这就是我那朋友的大拇指……可怜的乔治,他的全身除了大拇指以外全被狗吃啦……"

说到这里,老头放声哭了起来,然后他将剩下的半杯咖啡一饮而尽,脚步踉跄地起身离开了咖啡馆。

哈里把自己的咖啡喝完了,随即叫来了侍者。

"刚才那位先生的账我来付。"哈里说,"你们不必再去找他的麻烦,他可怜的朋友太悲惨了……你听说那则消息了吗?"

侍者笑了,说:"听过了……告诉你,火柴盒底部有个洞,他通过那个洞把自己的大拇指放进了火柴盒。那所谓的鲜血,我相信是红墨水。怎么样? 这个消息值一杯咖啡钱吧?"

(阿 鲁 编译)

讨来的烦恼

那年年底,杰克参加办公室举办的圣诞晚会,结束后便开车回家。可开到半路上,他就被交通警车拦了下来。原来是他的一个后车灯不亮,警察说他违反了交通规则。说话间警察又闻到一股强烈的酒味,于是强令他进行酒精测试。杰克往测试仪中吐了一口气,果然呈阳性。警察严厉地看着他说:"说说吧,你今天晚上喝了多少?"

"噢,没多少,长官,只喝了一瓶葡萄酒。嗯,还有几杯杜松子酒……咖啡白兰地。才三四杯白兰地,就这些。"

"我明白了,能看一下你的驾照和保险吗?"

杰克掏了掏口袋,拿不出来,警察便把他带到警察局,关进了一间小屋,然后对他说:"警医要给你验血,他现在不在这儿,你先等着吧。"

杰克坐了下来，头脑里一阵乱哄哄的。在英国，酒后驾车要被吊销执照一年，这意味着他可能失去执照，失去车，还要失去工作。因为他得开车去上班，没有车的话，他会天天迟到。

警察局里闹哄哄的，那是圣诞节前的星期五，警察个个都很忙。忽然门开了，两个身材魁梧的警察推进一个人来。那人身穿一件黑皮夹克，一条牛仔裤，一件 T 恤衫。T 恤衫上画了一头猪，猪头上戴着一顶警察头盔，上面写着："我讨厌猪。"

警察关上了门，那人先是踢门，再把椅子扔到墙上。杰克在一旁看了，心里很害怕。那人闹了一会，就歇了手，转过身来看着杰克，大大咧咧地问他："嗨，伙计，犯什么事了？"

"哦……酒后驾车。"杰克说。

"哦呵，你的驾照该没收了！"那人"咯咯咯"怪笑了一阵，又说道，"你还得付 200 镑罚金。"

杰克听了一阵伤心："我知道。那、那你是怎么回事？"

"我？没什么。我正在街上走，看见有五六个人在打架，警察来了，抓了大约十个人。他们看见我的 T 恤衫，把我也抓来了。我不担心，明天一早他们会把我放了。"

"哦，你真幸运。"杰克说道。

"你验过血没有？"那人问道。

"没有，我过一会儿才能验呢。"

"我有个主意，"那人说道，"我有好几天没喝酒了，警医不认识我，可以让他验我的血。"

"这可不行！这……这……不可以。"杰克忙摆摆手说。

"再想一下，"那人说道，"事关你的执照，你的汽车……"

就在这时候，门开了，一个夹着黄包的人走了进来："我是警医，你们谁是杰克？"

"我，"穿皮夹克的那人回答道。杰克没出声，只呆呆地看着地上。

"脱下夹克，"医生说道，拿出器械，给他验了血。过了一会儿，医生对他说："好了，穿上夹克，你可以回家了。"

"谢谢，医生。"那人说道，"圣诞快乐！哦，再见，伙计，也祝你圣诞快乐！"

医生和那人一起走了出去，杰克想把他们叫回来，却没有叫，他坐在椅子上，没多久，竟伏在桌子上睡着了。

当他醒来时，一名警官正站在他身边，问道："你就是罗麦克思？"

"罗麦克思？"杰克嗫嚅说道，"哦……"

说话间，另一名警察走进屋里。

"哦……我怎么了？"杰克问道，"我能回家吗？"

"回家？"警察说道。"你要被关进楼下的牢房，昨晚那里地方不够。"

"可是……我犯了什么事？"

"听着，罗麦克思，你偷了一辆汽车，砸碎了珠宝店的橱窗，撞坏了一辆警车，还打了三名警察。你要在监狱里待上好长一段时间呢。"

（丘保华　编译）

如此魅力

　　这天,杰克坐在咖啡馆里喝咖啡,一个高大英俊的年轻人走到他身边坐下,向他借个火儿。

　　杰克把打火机借给他,见他眉头紧锁,一副心事重重的样子,忍不住问:"先生,您遇到什么麻烦事了吗?"

　　年轻人点燃烟,吸了一口,答道:"没什么,只是最近生意不太好。"

　　"您是做什么生意的?"杰克关切地问。

　　年轻人抬头看了杰克一眼,说:"我是靠我的外表吃饭的。"见杰克神色异样,他又忙补充道:"不过我不出卖肉体。"

　　年轻人接着告诉杰克,现在有许多女人爱虚荣,认为追求者越多,就越显得自己有魅力,于是她们就出钱雇一些男性,让他按她们的吩咐行事。比如当着她朋友的面,在舞厅里请她共舞,一次 10 美元;坐在餐厅一角,深情地注视着她,一次 20 美元;送她一枝玫瑰并赞美她,一次 50 美元……这个年轻人就是干这事的,收入也十分可观。不过最近他碰到了麻烦,有个女人雇他作追求者,不料弄得女人的男友醋意大发,口口声声要找他决斗。不得已,他只好离开了那里。

介绍至此,年轻人无限感慨地说:"我来这里两个多星期了,因为认识人少,才接到一笔生意。您能为我介绍一些客户吗?"

"这我恐怕帮不了你。"杰克看了看表,与女朋友玛丽约会的时间到了,便起身告辞。

杰克与玛丽玩得很痛快,还吃了顿夜餐,很晚了,杰克才送玛丽回家。不料,在玛丽家门口,却看到那个咖啡馆里碰到的年轻人。

"你看!"玛丽一脸无奈,向杰克抱怨道,"已经一个多星期了,他一直这样缠着我。"

(刘　杨)

感觉很好

　　迈克的车半路抛锚了，只好在公路上拦车搭乘，正好一个农民开着一车禽畜去赶集，就让迈克搭了便车。

　　在去城里的路上，农民一手掌方向盘，一手拿着个酒瓶，一口接一口地抿着家酿的美酒。不久，车子进入了盘旋崎岖的山路，在一个拐弯处，醉醺醺的农民漫不经心地一打方向盘——车子一下子栽进了路边的大沟！不幸的迈克被甩出车外，肋骨断了，胳膊断了，腿也断了，一车禽畜也惨遭重创。

　　开车的农民倒只是擦破点皮，受了些轻伤，他很快爬出汽车查看那些禽畜。

　　小鸡的腿和翅膀都断了，动弹不了，农民失望地说："谁还会出钱买这种烂鸡？"他举起一支霰弹猎枪，把小鸡都打死了。

接着他又去看猪,几口猪浑身鲜血直冒,嘴里直哼哼。农民叹了口气:"这些猪也没用了!"他重新填上弹药,向猪开枪。

农民又去看羊,那些羊伤得更重,已经昏迷了。农民一言不发,再次举起了枪……

迈克在一旁从头到尾目睹了这场恐怖的屠杀。

最后,农民走到迈克身边,低头问他:"你还好吧,伙计?"

迈克一秒钟也没有犹豫,笑容满面地回答道:"好着呢,我这辈子从没感觉像现在这么好过!"

(王贵明　编译)

秘

密

　　在学校里,老师对学生说:"每个人都有自己的秘密。"一个小女生想:那自己的爸爸妈妈也会有自己的秘密呀! 于是回家后,她对妈妈说:"妈妈,我知道你的秘密。"谁知妈妈闻听此言,脸色大变,连忙掏出一些钱来给她。

　　晚上,当她爸爸回家后,她又悄悄地对爸爸说:"爸爸,我知道你的秘密。"谁知爸爸一听,脸色变得更厉害,给了她更多的钱,小女生高兴极了。

　　第二天,小女生在家门口玩,这时邮递员送信来了,小女生蹦蹦跳跳地迎上去,对他说:"叔叔,我知道你的秘密!"邮递员一听她这句话,顿时泪流满面,激动地抱住小女生说:"孩子,你终于知道了我就是你的亲爸爸啊!"

　　　　　　　　　　　　　　　　　　(韦　山　编译)

豁然开朗

　　这天，骨科门诊室来了一个因摔断了腿而疼得龇牙咧嘴的农场工人。

　　医生给他作了一番检查，然后问道："请告诉我怎么回事好吗？"

　　农场工人强忍住痛，说："啊，医生，25 年前……"

　　医生打断了他的话，说："别提过去的事，你就说说你刚才是怎么把腿弄断的。"

　　农场工人道："是呀，这正是我要告诉你的。"

　　他坚持要从 25 年前说起。

　　原来 25 年前，他还相当年轻，刚到农场干活。一天晚上，他漱洗完毕上了床，就听到外面"咚咚咚"有人敲门。他想：这么晚了,还会有谁来呢? 起来打开门一看,发现敲门的是漂亮的农场主的女儿。她问青年人,还要什么东西。

青年人摇摇头说:"不用了,一切都挺好的。"

她又问:"真的什么都不要了?"

青年人想了想,仍然肯定地说:"对,什么都不要!"

她继续问道:"难道就没有什么我能帮得上忙的事情?"

青年人还是坚定地答道:"我想没有。"

医生听到这里,疑惑地问:"这事情和你现在摔断腿有什么关系?"

农场工人叹了口气,苦笑着解释道:"唉,今天早晨我在房顶上干活时,忽然明白了她当时的意思,就一下子从上面摔下来了!"

(张 炎 编译)

好梦难圆

　　美国有一个叫杰妮的亿万富姐,此人在纽约市经营着一家大酒店,每天上午十一时许,她都坐着一辆豪华车缓缓穿过市中心公园,准时来到公园对面的大酒店办公。

　　近来,杰妮注意到一桩奇怪的事:一个衣着破烂的乞丐,每天上午都坐在公园的凳子上,死死地盯着她的大酒店看,眼皮儿眨都不眨。这是怎么回事呢? 杰妮的好奇心上来了。

　　这天,车驶过中心公园时,杰妮叫司机把车停下来。她下了车,径直走到那乞丐面前,问:"请原谅,你能不能告诉我,你为什么老是盯着那家大酒店看吗?"

　　"小姐,"那乞丐答道,"我没钱,也没家,每天晚上我只能睡在这条长凳上过夜。我多么想住到那家大酒店里去啊! 一到晚上，我就做梦，梦见自己住进去了，醒来后回味无穷。"

杰妮听了"扑哧"一乐："是吗？今晚你一定能如愿以偿，我将留出一套最豪华的房间让你住，并预付一个月的房租。"乞丐一听，简直不敢相信这一切都是真的！当晚，他就欢天喜地住进了那家大酒店。

几天后，杰妮到这套豪华房来看乞丐，然而出乎意料的是，乞丐已搬出酒店，重新回到了中心公园的凳子上。

这下子倒把杰妮搞糊涂了，她找到那个乞丐，问他为何要这样做。

乞丐答道："小姐，你不知道啊。睡在这里，晚上我还能梦见自己睡在对面豪华的大宾馆里，早上回想起来，简直妙不可言。可是睡在豪华宾馆里，一到晚上我就梦见自己又回到了这儿的凳子上，冷冰冰的可怕极了，噩梦一个连着一个，哪里还睡得踏实！"

（宋立波）

侦探训练

有三个人,同时接受侦探特殊注意力训练。一段时间以后,警官发现他们都不十分理想,于是就决定举行最后一次考试,如果不合格,就停止训练。

为了测试他们识别嫌疑犯的技能,警官拿出一张照片给第一个人看了五秒钟,然后藏起来,问道:"这是一个嫌疑犯,你怎样识别他呢?"

第一人答道:"那好办,我们很快就会抓到他,因为他只有一只眼睛!"

警官听了愣了一下,若有所悟地说:"哦……喔……因为照片只显示了侧面。"

他停了停,然后又拿照片给第二个人看了五秒钟,问:"这是个嫌疑犯,怎样尽快把他认出来?"

第二人笑了:"哈,这太容易了!你看他只有一个耳朵!"

警官显然不满意,就打断他的话说:"你们两个是怎么搞的?这是一张侧面照,当然看起来只有一只眼睛和一只耳朵!难道这就是你们的最佳答案吗?"

他接着把照片拿给第三个人看,语气有点强硬:"这是一个嫌疑犯,怎样才能识别他?在给出答案之前,请好好想一想。"

第三人专心地看了一阵照片,说:"哦……嫌疑犯戴着隐形眼镜。"

警官惊得哑口无言,因为他自己也不知道嫌疑犯是否戴了隐形眼镜。"哦,一个有趣的答案……你在这儿等几分钟,我去查查档案,再回来告诉你结果。"

他离开房间走进办公室,打开电脑搜索了一会,出来时脸上带着愉快的笑容:"哇,我简直不敢相信这是真的!嫌疑犯确实戴了隐形眼镜。干得好!请问你是怎样获得这么敏锐观察力的?"

"这很好理解,"第三人回答道,"他无法戴普通眼镜,因为他只有一只眼睛和一只耳朵。"

(李　华　编译)

巧 言 妙 计

人类的智慧是包含在四个字里面的："等待"和"希望"。

聪明与老实

这天下雨,聪明人家里的鸡蛋吃完了,又懒得上菜市场去买,便对邻居老实人说:"我们来猜谜怎么样,如果谁猜不出,就给对方五个鸡蛋。"

"好吧,"老实人挺爽快地说,"我猜谜肯定没你行,不过可以试一试。这样吧,如果我猜不出,我给你五个鸡蛋;如果你猜不出,你要给我十五个鸡蛋。怎么样?"

"行。"聪明人胸有成竹地点点头,"谁先开始呢?"

"当然是我啰。"老实人说。

老实人摸着脑袋,想了又想,有啦! 他对聪明人说:"听好了。有这样一种动物,它有四条腿,其中两条腿可以用来跑,另外两条腿可以用来飞。你猜,这种动物是什么?"

聪明人想了很长时间,还是想不出那是只什么动物。最后,聪明人只好说:"我猜不出,算了,我给你十五个鸡蛋好了,不过得明天给你。现在你告诉我答案吧,那是什么动物呢?"

老实人狡黠地笑着,说:"我也不知道,所以我得给你五个鸡蛋。"

(王曼莉　编译)

读《圣经》

故事发生在英国。

很久以前,有一个叫阿奇·阿姆斯特朗的男子被判极刑,于是他绞尽脑汁,寻找能够活命的办法。

那时,英国的国王叫詹姆士六世,他在位期间,由于钦定并完成了《圣经》的翻译而闻名于世,同时还因善于倾听大臣的意见和满足国民的愿望而受人尊崇。

阿姆斯特朗因此而向狱卒说:"我还没有读过《圣经》,作为对这个世界最后的留恋,我想把那本《圣经》读完后再死。听说国王能够满足国民的愿望,请求您给说说。"

狱卒把这件事报告上司,又传到了国王那里。

"有趣的家伙!"国王说,"满足他的愿望吧,在他读完《圣经》之前,暂不执行死刑。"

阿姆斯特朗的请求得到了国王的许可,国王还派人送来了崭新的《圣经》。

阿姆斯特朗笑了:"狱卒老兄,我可得把《圣经》慢慢地品味着读啊,每天大约一行左右。"

狱卒惊呆了:"照你这样读,得需要多少时间哪!"

"是啊,可是国王并没有规定我什么时候读完啊!"阿姆斯特朗得意极了。

狱卒把他的话报告上司,上司启奏国王。

国王挺有兴趣地说:"这个蟊贼,还有两下子! 好吧,给他三百年的时间去读《圣经》吧,缓刑期间,把那个人送到宫廷里来。"

这样,阿姆斯特朗不仅捡了一条命,据说还作为宫廷的一员,度过了悠闲的一生。

（孟凌文　编译）

多嘴老太婆

　　从前,有一个老太婆,挺爱讲闲话,肚子里老藏不住东西。

　　一天,她家老头儿在森林里发现了一件宝物。老头儿怕多嘴的老太婆把这件事声张出去,起初想瞒住她,可一个人又挖不出来,没办法,只好对她说了。老头儿千叮嘱万叮嘱:"这事儿你可千万不能对任何人说,不然,我们会遭官府老爷算计的!"

　　"放心吧,"老太婆对老头儿保证说,"我绝不告诉任何人!"

　　夜半,月儿明晃晃地高悬在空中,他们拿上铁锹去挖宝物。

　　刚走出一会儿,老太婆发现地上有一块东西,捡起来问:"老头子,这是什么?""别出声,"老头儿小声说,"这是天上掉下来的肉馅饼。现在我们去挖宝,等挖到它,什么好吃的就全有啦。"

　　他们继续前行。走过一座桥,老太婆看到桥下河中有一张渔网，好像有什么东西在网中挣扎，她又问："亲爱的，这是什么？"老头儿头也不回，不假思索地回答："这是官府老爷的渔夫逮住了一只兔子。"

快走到森林边时，突然，他们听到一声叫唤。老太婆挺害怕："这又是什么？""这是人们在官府老爷的森林里给鬼剃头。"其实，老头儿这么回答全是为了瞒哄老太婆，哪里有什么鬼剃头，明明是山羊在叫唤。

忙乎了好一阵，他们总算在天亮以前把宝物拿回了家，藏在炉灶里。老头儿又再三叮嘱老太婆，千万别把这事儿说出去。可一星期不到，邻居们都知道他们家炉灶里藏着宝。

事情传到村长那里，村长立即报告给官府老爷。官府老爷把老头儿传去，问他："你老婆说你得了宝，你为什么不报告本官？"老头儿说："我老婆是个疯婆子，老爷如不信，可叫来一问。"

官府老爷便传令把老太婆叫来，问道："你们家挖到了宝，这可是真的？"

"真的，老爷！我们确实挖到了宝。"

"那是什么时候的事呢？"

"哦——我记得是天上掉肉馅饼的那天晚上。"

"天上掉肉馅饼？"官府老爷听不明白了。

"对啦，我还记起，那天夜晚您的渔夫在河里逮住了一只兔子。"

河里怎么会有兔子？官府老爷暗忖：莫非她真是个疯婆子？于是一声大喝："你胡说些什么！"

"啊，对啦，那天晚上，你还叫人在你的森林里给鬼剃头哩！"

官府老爷终于暴怒了，命人狠狠把老太婆赶出了官府。

老头儿略施小计，终于把宝物保全下来。

（王义虎　编译）

奇　迹

　　有两个医学院的学生，来到一座小城，投宿在一家旅店。店主人按照惯例，询问他们的姓名、职业和居住时间。

　　两个外乡人说："我们大约要在您这里住上四个星期，我们是格罗克市的著名医生。不过请您不要告诉任何人，因为我们要在这里做一项特别试验，所以非常需要安宁。"

　　店主好奇地问："那是一项什么试验?"

　　两个外乡人说："我们在格罗克市创造了一个奇迹，能使死人复活。这个试验在那里搞了三个星期，现在想换个环境到这里再试验一番。"说着，他们向店主出示了格罗克市市长签署的一张证明。

　　很快，店主就把这个惊人的消息传播开了。最初人们只是付诸一笑。

但没几天,这两个外乡人的古怪行径引起了人们的关注。原来他们常常在墓地徘徊,尤其在一位富翁的年轻太太墓前停留时间最长。

于是,这座小城市里出现了前所未有的恐慌。当第三个星期快要过去的时候,两个外乡人收到了那位富翁的一封信,信中写道:"我那已故的太太是一位美丽的天使,只是重病缠身,我不希望她带着病体复活。"并在信封里附了一大笔钱,作为酬金。

接着,两个外乡人又陆续收到其他来信。

一位继承舅舅遗产的外甥来信:"请你们不要打扰他的安宁吧!"

一位改弦另嫁的妇人在信里说:"我的丈夫早已老朽,大家都不愿他再活在世上。"

信函像雪片似的朝两个小伙子飞来,每个信封里都有一笔钱。两个外乡人对人们的请求无动于衷,仍然在墓地里神秘地走动。

终于,这座小城市的市长也坐不住了,因为前任市长刚去世不久,他不想离开市长的宝座。他给两个外乡人送去一大笔款子,并在信里写道:"先生,我相信你们能使死者复活,只是希望奇迹不要在这里出现,为此也给你们开具一张证明,请迅速离开本市。"

这两个外乡人迅速揣好金钱和证明,离开了这座使他们试验获得空前成功的城市。

(邬玄览　编译)

雷姆戏小偷

富商雷姆在乡下有幢漂亮的花园别墅,花园边有口深井,是用来浇花的。

这年久旱无雨,烈日炎炎,雷姆见花园里的花快干死了,想从井里打水浇花,可井里的水太深,他人又老又胖,打水很困难,便坐在一棵大树下,望着井犯愁。突然,他听到树林里传来说话声,侧耳一听,原来是两个小偷在商量夜里来他家偷金子珠宝。他先是一惊,接着便想出了一个妙计。

他回到家里,对妻子耳语了一阵,然后拿出所有的钱和珠宝,藏到床底下,又从外面捡了些石头。到了晚上九点钟,他透过窗户,见两个小偷已经藏在他家房子附近的树林里。

他对妻子说:"嗨,晚饭准备好吗? 吃饭啦!"接着夫妻俩坐下吃饭。他听到小偷已来到房子跟前,就同妻子谈起话来,有意让小偷听见:"我听说我们这一带出现了小偷,他们把我朋友家的金子珠宝都偷走了。"妻子说:"哦,他们可能会来我们家!""对,他们可能会来,我们得把金子珠宝藏到一个他们找不到的地方。你把那箱子给我。"

妻子搬来了箱子。雷姆说:"把金子和珠宝给我,我要把它装进箱子里。"他把石头放进箱子,又和妻子抬起箱子,走到井边,"咚"抛进井里。随后老夫妻俩回到房里,把灯熄灭,坐等外面动静。

两个小偷见雷姆夫妇把箱子藏到井里,差点笑弯了腰。他们又等了两个小时,便开始行动了。一个小偷用桶把水从井里提上来,另一个小偷接过桶,把水倒在花园里。井水很多,他们一直忙到天快亮时,井里的水还没提完。

这时,雷姆打开窗户,大声叫道:"谢谢你们,我的朋友们,你们给我浇了花,可非常抱歉,井里那箱子装的全是石头。警察快来了!再见,朋友们,再一次谢谢你们!"

(匡小荣　编译)

汉斯老太

　　这些日子,人人都在传说,孤寡穷困的汉斯老太藏有许多珠宝。

　　于是这天夜里,一个小偷悄悄潜入了汉斯老太的家。他在一只锈迹斑斑的铁箱上面发现有一张纸条,拿到窗前月光下一看,只见上面写着:"在你来临之际,我已经享受了安乐死,因为我无法忍受癌痛的折磨。为了不使你白来一趟,请打开铁箱。"

　　小偷怕有诈,先摸到汉斯老太的卧室打听动静,果然见汉斯老太已在床上安然逝去。小偷这才放心大胆地按亮电灯,打开铁箱。只见里面有一只小录放机,装有一盒磁带。小偷按了一下按钮,里面传出一个老太太的声音:"在这个世界上,我没有任何一个亲人,如果你想得到遗产,请以我干儿子的身份为我体面地举行葬礼。之后,我一定会让你如愿以偿的。"

小偷好笑地关掉了收录机,开始在汉斯老太的家中仔仔细细地搜寻起来。然而家徒四壁,一无所获。小偷失望至极,本想离开,但又怕会失去一次获得大批珠宝的机会,不得已决定先安葬汉斯老太再说。

葬礼过后,小偷便眼巴巴地等在家里,可一连等了好几天,什么事情也没有发生。他在失望和愤怒之际,蓦地想起了汉斯老太留下的那盒磁带,于是把磁带又重新回放一遍,汉斯老太确确实实是那么说的呀:"……我一定会让你如愿以偿的。"

小偷气得暴跳如雷:"你这个该死的老太!"他又吼又骂,满屋子乱转,气冲冲地拿起录放机,刚要往地上砸,突然,又传出了汉斯老太的声音:"感谢你以干儿子的身份为我举行葬礼。请到我生前住的小院去,那里有棵梧桐树,我的遗产就埋在树下。"

原来是汉斯老太卖关子,两段话中间她故意停留了那么长时间,肯定是因为怕有人只拿遗产而不为她料理后事。此刻,小偷欣喜若狂,他一口气跑到汉斯老太生前所住的那座小院。敲开门,房东太太问小偷有何事,小偷说:"我干妈要我来取她生前的东西。"房东太太说:"可以,但你必须先付清她生前所欠的半年房租。"小偷毫不迟疑,立即掏钱。房东太太说:"汉斯老太说过会有干儿子来替他付房租的,看来她是个诚实的人。"

小偷也不理房东太太的絮叨,径直来到梧桐树下,挖了起来,果然挖到一只小铁盒。小偷抑制着狂跳的心,把小铁盒打开,没想到里面只有一张纸条,上面写着:"我身无分文,但我有一个不笨的大脑。诚然,我只有利用我的这个大脑来安排我的后事!我给你的遗产就是:我会在天国向上帝说你的好话!"

(汤礼春)

抢劫之后

一对男女走进一家首饰店,售货小姐笑容可掬地说:"先生,想买些什么呢?"

"不许动!"男的突然从口袋里掏出手枪,朝售货小姐喝道。他随即迅速用小手锤敲碎柜台玻璃,用左手将柜台里的首饰装进口袋。与此同时,那女的拿着手枪一步冲入办公室,对正在办公的老板说:"快,把保险箱打开。"随后,她也尽数把保险箱里的现金装进自己的口袋。

整个打劫过程不出几分钟,等警察接到首饰店老板的报警赶来,那对男女早已逃之夭夭。

那对男女打劫得手后,驱车来到一座林中小屋。两个人兴高采烈地将劫来的物品一一清点,男的在柜台里共劫得二十四件首饰,女的在保险箱里拿到了十万元现金。两个人乐得眉开眼笑,拍着手说:"这回咱们可是发大财了!"

晚上,他们饮酒加餐,庆祝打劫成功。

电视里正在播放当天新闻,正好报道那家首饰店的打劫案,采访记者问及首饰店老板一共损失多少财物,老板说:"首饰二十四件,另外女贼在保险箱里劫走十万元现金和一串价值百万元的钻石项链。"

男贼听到这里脸色就变了:"什么!你竟然一个人独吞那串钻石项链?快交出来!"

女贼顿时脸色惨白:"天哪,我根本不知道保险箱里有钻石项链。"

那女贼是个偷窃老手,她的底细男贼清楚得很,此刻她当然休想在男贼面前玩花招。于是,那男贼将手中的酒杯往地上一摔,"嗖"地一下拔出手枪,指着女贼说:"再不交出来,我送你上西天!"说完,"砰"朝屋顶开了一枪,以示警告。

不过这回那女贼也不甘示弱,就是矢口不认。两个人正僵持不下时,突然有三名警察冲进屋来,原来他们是听到枪声闻声而来的。警察将屋里搜了一遍,人赃并获,便将这对男女押回了警局。

警察打电话去首饰店告之破案情况,并问及那串钻石项链。首饰店老板说:"对不起,我们根本没有那串钻石项链。但如果我不是这样说,那两个家伙会火并吗?"

(梁炽基　编译)

罚你没商量

乔治很穷,平时不抽烟不喝酒,只有一个爱好,就是特别喜欢看拳击。可每次精彩的拳击比赛门票都相当贵,乔治买不起;看电视吧,这种比赛往往只有每月收费的有线电视才会转播,因为有线电视台遇到叫座的比赛都买断了转播权。后来,在一个朋友的帮助下,乔治偷偷私自接通了有线电视,从此,他可以开心地看拳击比赛而不必为缴费烦恼了。

一天,豪门体育场举行一场世界一流拳击手的比赛,乔治看得真过瘾。

就在拳击手休息的时候,电视台插播了一条广告:"亲爱的观众,为了给您助兴,现在您只要拨打86974832这个电话号码,前一百名拨通者就可免费获得 T 恤衫一件。"乔治一看有这好事,想都没想,就拨通了电话。

电话里立刻传来了一个甜甜的声音:"先生,祝贺您,您将很幸运地免费获得 T 恤衫一件,请您将通讯地址和姓名留下,以便我们能顺利地将 T 恤衫给您寄去。"

不久,乔治果然收到了挂号寄来的包装得十分精美的 T 恤衫。乔治高兴极了,没想到安装有线电视好处这么多。可没过多久,他又收到了一张警方寄来的罚款单,上面写着:"乔治先生,您因非法收看有线电视,证据确凿,罚款 2000 美元。"乔治傻眼了,他怎么也不明白警方是怎么知道的。

原来,有线电视公司一直为许多人私自接通有线电视但不缴费而头痛。后来,他们使出了一个妙招:在有线电视转播收视率最高的拳击比赛时,由警方使用高电子技术插播那条广告,使那条广告只有非法偷接有线电视的观众才能看到……

乔治手里拿着罚款单,气得差点发疯。

(山　言)

口红的烦恼

　　汤姆校长最近遇到了一件麻烦事：在他的中学里，有很多女生开始用口红，她们用完之后，总要在洗手间的镜子上留下一个个红红的唇印。

　　汤姆校长想阻止这种行为的频频发生，于是就对老师们通报了这个情况，但是谁也提不出对策来，洗手间的镜子上依旧布满了红唇印。

　　一天，汤姆校长要所有带口红的女学生集合起来，他把她们带到洗手间，向她们反复说明，清除镜子上的口红印子有多难。

　　学生们相视而笑，纷纷点头，但她们的心里全在说："可这和我们有什么相干呢？"

　　汤姆校长看着女生们的脸色，知道她们心里在想什么，他不动声色地要求在场的清洁员把清除唇印的过程当场展示一下。

只见清洁员随手拿起一把长柄刷子,蘸了点水,然后很费力地朝镜子上的唇印刷去……

"哇——"女生们立刻叫"爸"唤"妈"地惊喊起来,因为她们每个人都清楚地看到:清洁员手中的刷子,是往马桶里蘸的水!

汤姆校长暗自好笑……

打那以后,镜子上再也没有出现过口红的唇印。

(耿人健)

推迟战争

　　有一个小国家,人口总共才几十万,却特别好战,尤其是他们的国君,夜郎自大,总觉得自己了不起,动不动就对邻国以武力相威胁。

　　与他们相邻的是一个幅员辽阔、人口众多的国家。

　　一天,为一件小事,这两个国家发生了争执。

　　大国国君想:我们地大人多,别让人家说我们以大欺小,以强凌弱。于是就采取高姿态,主动派使臣去见小国国君,想大事化小,小事化了。

　　不料小国国君不肯讲和,一定要到战场上拼个你死我活,让枪炮子弹来分高下。

　　大国使臣见对方如此不知天高地厚,不由动了肝火,把脸一沉,说:"要打就打! 空战、陆战,我们都奉陪。"

小国国君趾高气扬地说:"别的不讲,单飞机我们就有近一百架,看你们如何招架?"

大国使臣听了哈哈大笑,不客气地回敬道:"我们的飞机不多,但至少有一万架;要说士兵……哈哈,有两百万,比你们的人口还多几倍!"

小国国君听了,一时作声不得,半晌才说:"如果是这样,我将考虑一下。"

大国使臣以为对方害怕了,不由得意洋洋地说:"怎么样,同意签字讲和吧?"

不想小国国君抬眼看了一眼大国使臣,忧心忡忡地说:"我们是不是过段时间再打吧? 我现在还没有那么多的监狱来关押两百万战俘……"

(古 风 改编)

一箭双雕

　　盖克警官接到上峰的命令,说近来以绰号"黑炭"为首的一伙流氓在怀特大街一带骚扰妇女,让他加强巡逻,从速破获。

　　这天傍晚时分,盖克经过一家酒吧门前,突然听到里面传出"噼里啪啦"的声音,他马上带领助手冲了进去。

　　只见有两个人正扭成一团在厮打。盖克认识其中一个叫比尔,是个喜欢寻花问柳的花花公子,人称"浪蜂"。盖克上去二话没说,抬手甩了比尔两个耳光,把他带走,而对另一个人,问也没问,把他放走了。

　　比尔见了,不服地嘟囔道:"你怎么只逮我一个人,这太不公平了。"

　　盖克"哼"了一声,说:"这还要问吗,一定又是你勾搭上了人家的老婆!"

"是他老婆主动勾引我的嘛!"

盖克用枪托敲了一下比尔的脑袋,说:"屁话!走!"

盖克把比尔带回办公室,又感到为难了。因为法律对于男女之间的风流韵事是懒得管的。咋处理这该死的花花公子呢?

盖克皱起眉头,沉思一会,"啪"一声突然拍桌而起,吓得比尔直打哆嗦。

盖克叫来一个助手,对他耳语了一阵,比尔不知他俩如何处置自己,心里"咚咚"跳个不停。

过了一会儿,助手过来对比尔说:"跟我走。"比尔心想:走一步看一步,听天由命吧。

助手把比尔带到一家服装店,来到女装柜前,指着一条长裙对比尔说:"试试。"

比尔说:"先生,那是女人穿的嘛。"

"少废话,你不是喜欢女人吗?"

比尔没法,只好试,最后选了一条非常花哨的长裙。助手又买了一只胸罩,塞进两只苹果,命令道:"系上。"接着,他又把比尔带到美容厅,让比尔做头发、修眉、涂口红。比尔本来就是个小白脸,这么一打扮,顿时就成了一个花枝招展的美丽女郎。

助手对比尔说:"好,你现在可以走了,但必须像女人那样走步。"

比尔心想:他们搞什么名堂?管它呢,走就走吧。

等比尔一走,盖克便和助手会合在一起暗中跟踪……

没过多久,目标果然出现了,黑炭他们盯上了比尔。走到一条巷子口,黑炭打个手势,立刻来了两个人,把比尔挤进了巷子里。黑炭上前用毛茸茸的手捂住比尔的嘴,然后在他的胸前乱摸,黑炭的手劲大,于是比尔就被胸罩里的那两个苹果硌得"哇哇"直叫。

接着,黑炭又用他那张臭嘴在比尔脸上乱啃,啃得比尔直想呕吐,他一面拼命地挣扎,一面大叫:"我是男的,我是男的!"可是黑炭根本不听,把他架进了一个工地的空房里,几个家伙三下五除二扒光了比尔的衣服,这才怔住了。黑炭吐了一口唾沫,恨恨地骂道:"妈的,果然是只公狗,滚!"

"哪里去?"盖克早已等在门外,几个助手把黑炭一伙人团团围住,给铐上了手铐。

盖克警官望着赤身裸体的比尔,讽刺道:"比尔,玩女人的结果怎么样?"比尔羞得耷拉下脑袋。

助手夸道:"警官,你这一手真行,一箭双雕!"

(阿 晨)

阴沟里翻船

　　这天深夜,有一高一矮的两个男子,急匆匆向一幢黑黝黝的房子跑去。他俩穿过房子周围的灌木丛,跑进门廊,跨上台阶,气喘吁吁地在暗处蹲了下来。好一阵子,两人都没说话,而是竖起耳朵,仔细地听着周围的动静。

　　这两个男子是什么人呢? 原来他们正是被追缉的抢劫犯。高的叫霍根,矮的叫布莱基。几年来,他们俩频频作案,运气还不错,就在一小时之前,他们还抢到一个装满钞票的手提箱。不料却被警察发现了! 他们开车逃跑,慌乱中轧死了一个警察。警察们开枪追击,一颗子弹打穿了油箱,他们只好弃车而逃。借着浓浓的夜色,他们甩掉了警察,拎着沉甸甸的手提箱,来到了这块陌生的地方。

此时，四周死一样的沉寂，房子里也没有一丝动静。霍根立起身，对布莱基说："这里太危险，伙计。你把箱子拿着，我用钥匙试试，看看能否打开门。"

10秒，20秒……嘿！门居然被打开了。他们俩蹑手蹑脚进了屋，轻轻地关上门，随即又轻轻地把门扣上。两个人在暗中站了一会儿，还好，听听没有惊动什么人。接着，霍根撳亮手电筒，把整个房间照了一遍。

这是一间挺大的起居室，地毯卷得整整齐齐的，堆在一边，房间里的家具——桌子、椅子、长沙发等都用布单盖了起来，上面覆了一层灰尘……

霍根笑了，说："我说布莱基，咱俩还真走运，这家人像是出门去了。"

布莱基一听，也笑了，说："可不，大概是避暑去了，不过咱们最好再检查一下。"

他俩蹑着脚把这幢房子的所有房间都检查了一遍。在书房里，他们在书皮上发现房子的主人叫罗杰斯。毫无疑问，这个叫罗杰斯的全家人都走了，而且有好几个星期了。

这时他们彻底放松了。霍根大声大气地对布莱基说："我说伙计，咱得赶快弄辆车，不过不能去偷，那太危险，咱们最好去买一辆。"

布莱基用手敲了敲手提箱，说："可是这玩意儿怎么办？得找个地方先藏起来。"

于是他俩带着手提箱，前后左右找寻了一番，最后决定把箱子藏到地窖里。藏好箱子之后，他俩在天亮前悄悄地溜了出来。

汽车商场8点开门营业，还不到9点，他俩买好了一辆车，便把车开走了。

离那幢房子还有三个街区时，他们把车停好。霍根下了车，徒步朝那幢房子走去，他想绕到房子后面，然后悄悄地溜进去。

可是快走近那幢房子时,他突然站住了,两眼呆呆地望着,嘴里禁不住低声骂了起来。因为他发现那幢房子的前门敞开着,窗帘也卷了起来,房子的主人回来了!

唉!真是倒了霉了,这下该怎么办?等到夜里闯进地窖取箱子?不行,太危险。

霍根眉头一皱,计上心来。他回到车上,对布莱基说:"这事儿看我的,伙计,你只管开车,咱们先去找部电话,快!"

十分钟之后,他俩找到了部电话,霍根搬着电话号码簿翻了起来。

"有门儿,就在这儿!塞缪尔·W·罗杰斯。"名字后面清清楚楚地印着电话号码 6329。一会儿工夫,他就和那个叫"罗杰斯"的通上了话。

"喂,"他开口道,"你就是罗杰斯先生吗?"

"是的,我是罗杰斯。"

霍根清了清嗓子:"罗杰斯先生,"他用那副尖细的、颇有特点的嗓音打着官腔说道,"我这里是总局,呃,就是警察总局,我叫辛普森,是侦探处的警官。"

"噢,噢。"

"我说,我们局长,"霍根把声音压低了一些,"就是警察局长,他命令我先和你联系一下,他派我和另外一个人马上去见你。"

罗杰斯小心地问:"我是不是惹了什么麻烦?"

"不,不,不,根本不是那么回事儿。不过,我有一件极其重要的事情要和你谈谈。"

罗杰斯似乎迟疑了一下,但马上就接口道:"我等着你。"

"我说罗杰斯先生,"霍根用警告的口气说,"关于这件事儿,请你不要张扬,不许对任何人说。至于原因么,等我们见了面你就会明白的。"

搁下电话,霍根便和布莱基一道向罗杰斯家赶去。路上,霍根向布莱基说了自己的意图,布莱基听后连连点头,咧开大嘴笑了。

不到十分钟,他们便来到罗杰斯的家。罗杰斯是个既不善言辞、相貌也十分平常的矮个子,他那张小脸上镶嵌着一双淡蓝色的眼睛,看上去十分滑稽可笑,他神情有些惊恐不安,像是被吓坏了。

霍根添油加醋地向罗杰斯讲述了事情的全部经过。罗杰斯听了感到很吃惊,同时也显得很高兴。他陪着霍根来到地窖,一起动手把手提箱拿了出来,然后拎到起居室,放在桌上"啪"地打开,崭新的钞票,齐刷刷地一捆挨着一捆,装了满满一箱,足有三十多万!

霍根"啪"地一下关上了手提箱,悠悠地拖着官腔说:"我说罗杰斯先生,我们对你的配合很满意。现在我要和这位约翰森警官回去,向局长作汇报,另外,我们还要去抓其他抢劫犯。好吧,我将随时和你保持联系。"

说罢,他拎起箱子站了起来,布莱基和罗杰斯跟着站了起来,三个人一起向外走去。

走到门口,罗杰斯抢先一步打开门,兴奋地高声叫道:"进来吧,小伙子们!"话音未落,从门外走进三个人来,个个膀大腰圆,十分慓悍,气势威严地向霍根和布莱基逼来。

霍根一见慌了神,结结巴巴地说:"你、你们这是什么意思?"

罗杰斯板起了面孔,官腔十足地说:"这很简单,真是无巧不成书哇,我就是警察局长。"

(顾 永 编译)

戏 谑 嘲 笑

我们判断各个人的情况，不能只看开头，还应该看到结尾。

向往自由

一天,在法国的一家小酒店里,来了一对老夫妻。他们要了一瓶香槟酒,然后面对面地坐了下来。

过了一会,那个老头望着酒瓶,突然哭了起来。

酒店老板觉得奇怪,就凑上去问:"您怎么啦? 有什么事让您这么伤心?"

在一旁的老太婆不耐烦地对酒店老板抱怨道:"你看看! 今天是我们俩结婚25周年的纪念日,可这个老糊涂却哭个没完!"

酒店老板更奇怪了,劝老头说:"既然今天是你们的好日子,应该多喝几杯才对呀!"

谁知老头听了,却哭得越发厉害。

哭了好一阵,老头才难过地说:"你不知道,在我们结婚5周年的那天,我就想干掉我的老婆。可是,为了保险起见,我去向我的律师咨询。他在翻了 5 本书以后告诉我,如果我这样做的话,将在监狱中失去 20 年的自由,我害怕了,就没有杀她……如果当时我真动手的话,今天我就出狱了。可现在,我在熬过 20 年以后,却仍然一点自由都没有!"

（钱　佳　改编）

爱开玩笑的汤姆

汤姆最近喜欢上了一个姑娘，叫丽莎，可他总觉得丽莎对他有点儿不冷不热，一打听，原来有个叫吉米的小伙子正暗暗和他较着劲。

汤姆平时爱搞恶作剧，于是他便想捉弄捉弄吉米，出出自己心里的闷气。

这天，汤姆模仿丽莎的笔迹，给吉米写了封短信：

亲爱的吉米：

我知道你很喜欢我，其实我也很喜欢你，只是我觉得不应该背叛汤姆。但我最近越来越感到汤姆很不适合我，所以今天我想约你到海滨公园来谈谈，你愿意吗？我在公园大门口等你。

丽　莎

汤姆心想:吉米见了这封信,肯定会白跑十几公里的路程,立即去海滨公园,并且在那里痴情地等上一天。

他得意洋洋地来到吉米家,刚要把信塞进门缝时,忽然看到门上贴着张纸条,上面写着:

妈妈:
　　我和丽莎小姐到海滨公园去玩了,中午不回来,你自己吃午饭吧。

吉　米

汤姆揉揉眼睛,将纸条从头到尾又念了一遍,呆住了。他不敢相信这是真的,丽莎怎么能和吉米去玩呢? 难道她这么快就变心了? 一定是吉米这小子用迷魂汤把丽莎给灌醉了……

汤姆不敢再往下想了,心里只有一个念头:决不能让吉米把丽莎抢走。于是,他不顾一切地拼命向海滨公园奔去。

汤姆气喘吁吁地跑到海滨公园,可到处找也找不到丽莎和吉米的影子。眼看太阳就要落山了,他不得不失望地回家。

一路上,他气恨恨地骂完了吉米又骂丽莎。及至疲惫不堪地走进家门,看到丽莎正坐在沙发上瞪着他,显然是等他很久了,而且是生气了。

汤姆冲上去,一把抓起丽莎的手,激动而又委屈地说:"丽莎,我……你……"

丽莎气鼓鼓地推开他的手:"哼,还问我哩,今天你躲到哪里去啦? 害我白白等了你一天。"

"你……"汤姆惊异地反问道,"丽莎,你不是和吉米到海滨公园去的吗?"

"什么?"丽莎大惑不解,"谁说我和吉米去海滨公园啦?"

汤姆一听觉得不对劲,便把事情原委讲了一遍。丽莎一听,大笑了起来:"吉米前天跌伤了腿,他现在连路都不能走,还能和我去海滨公园? 你不想想今天是什么日子!"

汤姆一听,这才恍然大悟:今天是愚人节呀! 他拍着脑袋自嘲道:"嘿嘿,我这是自讨苦吃啦!"

(孙　仲)

防不胜防

　　新婚夫妇乌里扬和索尼娅搬到了新建的住宅区。新居为两室一厅,配有厨房、浴室和卫生间,设备也比较齐全。小两口对此相当满意。

　　可是住了不久,浴室的排水管堵塞了,地面成了一片汪洋大海。他们只好通过生活服务公司请来了修理工。

　　修理工是一个老师傅,只见他用榔头敲一敲澡盆下面的泄水管,又用通条通一通管道口,没多大工夫,就将下手套,对主人说:"排水管修好了,现在一切正常! 你们放心使用好了。"说完,就接过工钱走了。

　　排水管修好了,乌里扬总算松了一口气。

　　这时,他感到身体有点燥热,就想冲个澡。可是不知怎的,澡盆却有点摇摆不稳，他俯身一看，发现澡盆下面少了一只腿。乌里扬火了，不禁骂出声来："该死的老东西，怎么把一只腿拆走了！"

没法子，只好又去请来一位新的修理工。这修理工趴在澡盆下面安装腿架子，乌里扬和索尼娅不太放心，不时站到他跟前看一看，并把已经修过一次的事告诉这位新来的修理工。新修理工一听，也生气了，说："好家伙，真不像话，怎么能干出这样缺德的事来，这不是给我们修理工脸上抹黑吗？"说话的工夫，澡盆的腿架子装好了，乌里扬夫妇把浴室里的东西仔细检查了一遍，认为一切完好无损时才付了工钱。修理工微笑着同主人告别，疾步流星地走了。

可是意外的事又在厨房里发生了。原来，那个修理工也不是个正路货，他趁乌里扬夫妇稍有疏忽的时候，溜到厨房间把散热器给取走了。

乌里扬一肚子晦气，只好打电话到服务公司，又请来了一位新的修理工。

这是一位个子高大、年轻英俊的修理工。为了不再发生什么意外，乌里扬叫索尼娅盯住修理工。因此，当修理工在厨房检修时，乌里扬让索尼娅假装闲聊，实际上密切注视着他的一举一动。

"你一步也不要离开他！"他叮嘱道，而自己在房里到处检查各种用具是否完整无损。为了不让修理工对他的行为感到奇怪，他把前两次发生的事给这位年轻师傅讲了一遍。

"碰到这样的事，只好自认倒霉，毫无办法，因为人走了，他决不会承认。"年轻修理工对乌里扬夫妇的遭遇深表同情，接着又说："干我们这一行的，各种各样的人都有，其中有的人做事时，就是要时刻盯住他。"

这位修理工任务完成后，领了工钱也走了，乌里扬再次检查了浴室、厨房、卧室和前厅,确信这次没有丢失任何东西,才松了一口气。他高兴地叫了起来:"谢天谢地,什么也没有丢,索尼娅,你听见了吗?一切都原封不动、平安无事,索尼娅,你听见了吗?你在哪儿?索尼娅,你在哪儿……糟了,这次人丢了!"

乌里扬全身无力地瘫倒在长沙发上,呆呆地望着天花板,摇头叹息:"唉!这个年代,真是防不胜防!"

(欧阳馨 编译)

考

试

　　乔有一位叔叔,他头脑聪颖,思路敏捷,是州立大学的教授。

　　三十年前,还在大学念书时,有一次他参加物理考试,考试用抽签的方法进行,考生必须复习所有抽签的考题内容,考试时抽到哪张,就做那上面的题目。但是乔的叔叔却不这样,他只针对第十三号签进行准备,其他一概不予理会。

　　考试时,他抽出一张考签,随即又塞了回去,满脸沮丧地说:"我早就料到,准是十三号。唉——这个不祥的数字总是给我带来不幸……"

　　主考官笑了:"喂,年轻人,怎么可以这样迷信?那么你就做十三号签上的试题吧!"

　　乔的叔叔装出一副挺委屈的样子,可他心里得意极了。自然,这张试卷他答得挺顺利,并且得了满分。

说巧也真巧,过了几天,乔他们学校也用抽签的形式对学生进行考试,乔便采用他叔叔的办法,只把第十三号签的试题内容背熟。

轮到乔答题,乔抽了一张,然后迅速塞回,捂着脸叫起来:"我早就料到,准是十三号。唉——这个不祥的数字总是给我带来不幸……"

可是没想到,主考官挥挥手,安慰说:"不要紧,重抽一张。"

乔赶紧说:"不行,不行,应该和迷信作斗争!"

主考官叹口气说:"老实告诉你,我也很迷信,所以非常理解你——重抽一张吧!"

没办法,乔只好再抽一次,结果当然可想而知!

（乔　士　编写）

长官与士兵

有个上尉军官，带兵严厉是出了名的。

这天，他向刚入伍的新兵训话，他说："我名叫石头。我的作风、我的性格甚至比石头还要硬，因此，我叫你们做什么，你们就得做什么，否则，就会有麻烦。服从我，我们会相处得很愉快。"

训话后，他就来到每个士兵面前，询问他们的名字，并告诫道："说话要大声些，要让每个人都能清楚地听到，而且，别忘了叫我一声'长官'！"

他一个一个问过去，每个士兵都按照他的训示，大声地说出自己的名字，还叫一声"长官"。

上尉来到排在队伍末尾的最后一个士兵面前，问他叫什么名字。

哪知这个士兵就是不开口。

上尉十分生气,大声怒斥道:"听着,我问你什么,你就必须回答什么。现在,我再重复一遍我的问话:你叫什么名字,士兵?"

那个士兵很不情愿似的,轻声嘀咕了一句。

上尉气得脸色铁青:"大声点! 我不喜欢说话嘀嘀咕咕。"

那士兵的神色有点惶恐,抬起头,鼓足了勇气,大声说:"我的名字叫……叫石头粉碎机,长官!"

(柳 莺 译)

丈夫是个忙人

　　默尔克维卡近来成了大忙人，几乎每天晚上都很迟回家。这自然引起了妻子的疑虑。问他在外面忙什么，他每次都有理由，不是加班，就是开会，或者是接待客人什么的，说得振振有词，无可指责。

　　他的迟归理由虽然充分，但终究抵消不了妻子的满腹牢骚。后来，他实在招架不住妻子的抱怨了，就答应请她下馆子吃顿晚餐。

　　这天傍晚，夫妻俩来到一家大餐馆门口，门卫迎上前来，恭恭敬敬地说："欢迎您，默尔克维卡先生。"

　　默尔克维卡说了声"谢谢"，进了门，对妻子说："看见吗？由于我交际广，人缘又好，他见了我既尊敬又亲热……"

妻子问:"你常来这里吗?"

"不,我是在一次开会时认识他的,想不到他在这里干起门卫来了。"

"噢,是这样。"

他们说着,来到了衣帽间。管衣帽的太太见了,高兴地说:"晚上好,默尔克维卡先生。两天没见您,可真想您呀!"默尔克维卡笑笑,没说话。

妻子问道:"这个女人你又是怎样认识的? 总不是开会吧?"

"你说对了,那天在小区开会时认识了她,听说她没事干,我介绍她到这里弄点事做。"

妻子啥话没说,便走进了餐厅。

两人刚在一张桌子边坐下,一个女服务员立即走过来,非常亲热地说:"唷! 这不是默尔克维卡先生吗? 今天晚上您想吃点什么?"她接着报了几个菜名,并说:"我知道,这都是您最爱吃的……"

妻子听了这话,知道丈夫是这里的常客,那他为什么不说实话? 想到这里,不觉脑子有些发胀。

等默尔克维卡点了菜,服务员走开时,她便问丈夫:"这位小姐你是怎么认识的?"

"啊,我是在工会一次会议上认识她的。"

"她怎么连你爱吃啥都知道?"

"那是因为我们开会时在一起吃过饭。"

这顿饭,菜肴倒是不差,但两人胃口似乎都不好,脸上阴沉沉的,不说一句话。

就在这时,又来了个浓妆艳抹、穿着入时的漂亮女人。她一步三摆地走到默尔克维卡身边,嗲声嗲气地说:"啊唷唷,这不是默尔克维卡先生吗? 怎么埋头吃饭,见了老朋友连个招呼也不打,谁惹您生气啦? 等会舞会开始,您得和我跳个尽兴哟! 至于压轴舞,还是按惯例,咱俩一起跳……"

妻子听到这里,气得"呼"地站了起来:"哼,太过分了!"说完拂袖而去。

默尔克维卡知道事情不妙,急忙追了出去,拦下一辆出租汽车,拉着妻子上了车,并说:"你怎么生气了呢?她是我在妇女委员会认识的……"

妻子哪还听得进去,打断丈夫的话,说:"去去去,谁听你的鬼话!"她一时控制不了自己的情绪,什么话难听就骂什么,把丈夫骂了个狗血喷头。

出租车司机听不下去了,大声说道:"默尔克维卡先生,您曾经多次陪女人搭我的车,我见她们一个个都很温柔,很有教养。像这样粗鲁的女人,我还没见过。"

司机这么一说,车内顿时鸦雀无声。

不一会,响起了妻子伤心的痛哭声,一声比一声响……。

(顾　诗)

约翰的惊喜

　　有两个爱尔兰人，一个叫约翰，一个叫米克。有一次，他们一起去基尔肯尼旅行，在一家旅馆里住了很多天。

　　旅馆的老板娘是个很有魅力的寡妇，两人很快和她混熟了。就在他俩即将离开的前一天晚上，两人在旅馆的酒吧里饮酒狂欢，度过了愉快的夜晚。

　　等到夜深人静，米克悄悄地溜进了老板娘的房间……

　　第二天，米克和约翰就要离开旅馆了，启程之前，老板娘把米克拉进了自己的房间，说："我知道你们俩的名字，登记本上有，可我不知道谁是谁。"

　　米克怕这段风流韵事给自己招来是非，便不动声色地拿起了笔，在一张纸上留下了约翰的名字和地址。

　　转眼过了半年,有一天,约翰突然给米克打来电话,他激动地说:"喂,米克,你还记得基尔肯尼的那个老板娘吗? 基尔肯尼的律师事务所给我来了信,信上说那老板娘死了,她在遗嘱中将她的旅馆和一大笔积蓄都留给了我。我简直给弄糊涂了,你说这事怪不怪?"

　　米克一听,眼睛都瞪直了……

(华　霞　编译)

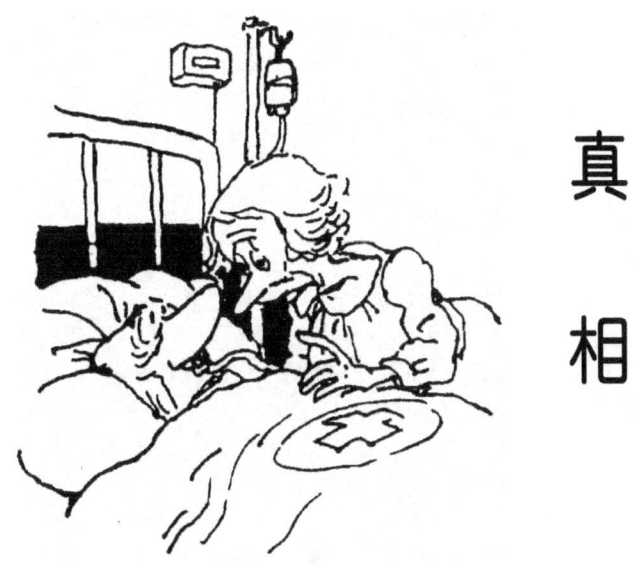

真

相

　　在法国南部的一个小镇上有一个富翁,养了五个儿子,其中四个长相相似,只有老三波比和兄弟们完全不一样。富翁怀疑波比不是他的儿子,于是雇了镇上唯一的侦探卡特调查自己的妻子,希望找出奸夫。

　　卡特探长经过长时间的跟踪观察,证明富翁的妻子并没有外遇。

　　虽然找不出任何证据,但富翁相信自己的判断没有错,而且时间越长,这个念头越像毒蛇一样撕咬着他。于是他想尽一切办法折磨波比,让他干最脏最累的活儿,吃饭也只能和佣人们在一起吃。

　　转眼孩子们都长大了,其他四个兄弟都娶了富家小姐,过着富裕的生活,而波比却只能按富翁的安排和一个佣人的女儿结婚,干又脏又累的活儿。

富翁临终前,把财产分成五份,妻子和其他四个儿子一人一份,波比却什么也没有。

富翁的妻子对他说:"你还是分给可怜的波比一份吧,否则你会后悔的。"

富翁用虚弱的声音说:"我可以分一份给他,不过你必须告诉我真相。"

富翁的妻子点了点头。

于是富翁又把财产分成六份,然后对妻子说:"我知道波比不是我的儿子,可是看在上帝的分上,请你告诉我,谁是他的父亲,否则我死都不会瞑目。"

妻子于是说了实话"看在上帝的分上,我告诉你,波比是你的亲生儿子。"

"那他为什么和其他四个孩子长得不一样?"

"因为另外四个不是你的孩子。"

"啊? 他们的父亲是谁?"

"卡特探长。"

"什么?"富翁顿时就断了气,至死,两只眼睛还瞪得大大的。

(张　琼)

吃鱼头

在候车室里，一个拉脱维亚人和一个俄罗斯人等候开往莫斯科的直快列车。

离开车还有一个多钟头，这时，那个拉脱维亚人拿出一包点心——几个炸得焦黄的鳙鱼头，摆在双膝上，津津有味地吃起来。俄罗斯人见他的旅伴只吃鱼头，好生奇怪，禁不住问道："喂，老兄，鱼头有什么好吃？"

这位拉脱维亚人摆出一副老学究的样子说："怎么，你连这个道理都不懂？你太缺乏营养学知识了！老实告诉你，我买鳙鱼就是冲着它的鱼头来的。鳙鱼头大，味道鲜美，营养丰富，含有许多钙、锌、铁、磷、碘等矿物质，是补脑的佳品。俗话说，吃鱼头长智慧，它会使人变得聪明起来。听说吗？日本人脑筋灵活，很能干,富有创造性,就是平时爱吃鱼头的缘故。"

俄罗斯人听了感到十分惊讶,连忙问道:"真有这等好事?能否卖两个鱼头让我尝尝,我也想试试看。"

拉脱维亚人拗不过,只好按100卢布一个的价格,卖给了俄罗斯人两个鱼头。

俄罗斯人怀着极大的希望坐在一旁啃起鱼头来,他一边吃一边在想着什么,可越想越觉得不对劲。他忍不住问道:"老兄,鳙鱼到底多少钱一斤?"

拉脱维亚人说:"50卢布。"

俄罗斯人一听跳了起来,咆哮道:"那你为什么光一个鱼头就要收我100卢布呢?这不分明是在宰人吗?"

拉脱维亚人拍着俄罗斯人的肩膀,笑呵呵地说:"你问得好,我刚才不是说过鱼头补脑吗?你瞧,一个鱼头还没有吃完,你就变得聪明起来了。"

（欧阳馨 编译）

金色沙龙

一天晚上,一个喝得烂醉的男人跌跌撞撞地回到家里。他的妻子正满面怒容地等着他,一见面,就大声喝问道:"整个晚上你死到什么地方去了?"

酒鬼丈夫眯着眼,竖起一根手指,洋洋得意地说:"我去了一个美妙的地方!那是一个新的酒吧,名字叫'金色沙龙',那里所有的东西都是金色的!巨大的金门、金色的地板、金色的吧台……天哪,甚至连小便池都是金色的!"

妻子并不相信酒鬼丈夫的话,第二天待丈夫离家后,她马上打电话,四处寻找是否有"金色沙龙"这个酒吧。功夫不负有心人,终于给她打听到了"金色沙龙"的电话号码。

对方接电话的是一个侍者。妻子问他:"你们是不是有巨大的金门?"

　　侍者回答:"当然,要不怎么叫金色沙龙呢?"

　　妻子又问:"你们还有金色的地板和吧台吗?"

　　侍者毫不犹豫地回答:"一点不错。"

　　妻子松了一口气,可是在挂上电话前,她又问了一句:"那么……你们的小便池呢? 也是金色的吗?"

　　电话那头沉默了好一会儿,忽然妻子听见侍者在大声嚷嚷:"嗨! 老板! 我想我找到线索了——昨晚是谁在你的萨克斯管里撒尿的!"

　　　　　　　　　　　　　　　　　　(蔓　石　编译)

海盗和农夫

在一间偏僻的酒吧里,坐着一个海盗和一个农夫。这个海盗样子很古怪,他装着一条木头假腿,一只铁钩子右手,一只眼睛上还蒙着黑布罩子。

农夫很纳闷:海盗是怎么变成这个样子的呢? 就壮着胆问道:"能问您一下吗,您是怎么失去一条腿的?"

海盗抬起头,回答道:"听说过牙买加海战吗? 我是那次战斗中的勇士!"

农夫又好奇地问:"那么您的右手呢? 也是在那次战斗中失去的吗?"

"不,"海盗说,"那是在佛罗里达,被大鲨鱼咬掉的。"

农夫听了,"哦"了一声,感叹不已:"我注意到你戴着一个眼罩,那您的眼睛又是怎么回事?"

　　海盗情绪似乎有些低落,说:"我在海滩上睡觉的时候,一只海鸥碰巧落在我的眼睛上……"

　　农夫更惊讶了:"是海鸥把你的眼睛啄瞎了?"

　　海盗愤愤地答道:"不,那天我刚在手腕上装了铁钩子!"

(蔓　石　改编)

日光浴

　　爱莉丝是个年轻漂亮的小姐,她特别爱好日光浴。

　　一天,爱莉丝来到南方一座小镇,住进了一家饭店。住了几天,爱莉丝看着窗外灿烂的阳光,心里有些痒痒了,可是在这座小镇,既没有大草坪,又没有沙滩,上哪儿去日光浴呢? 爱莉丝只得爬上顶楼的露天阳台观赏风景。猛然间,她发现周围没有比这个饭店更高的建筑了,心里一动,顿时有了主意。

　　爱莉丝很快从楼下取来了一条大毛巾,她环视了一下四周,确信没有其他人时,就迅速地脱光身上所有的衣服,赤裸着身子趴在异常光滑的屋顶上,开始享受日光浴。

　　不一会儿,楼梯过道里响起了脚步声,爱莉丝皱了皱眉头,拿起毛巾盖住自己赤裸的后背。

很快,一名男服务员上来了:"对不起,小姐,你不可以这样做!"

爱莉丝觉得奇怪,问:"为什么不可以? 这儿除了我没有别人呀。"

"可是,小姐……"

"不要再打扰我了,这儿不论发生什么事,都与你无关,好吗? 现在,你可以走了吧?"

男服务员听了,无可奈何地下了楼,随着脚步声渐渐远去,爱莉丝又得意地掀开了毛巾……

此后,只要太阳出来,爱莉丝就往阳台上跑,很快,她就感到日光浴的效果了。在大楼里遇到男士时,男士们总会对她微笑或者多看她几眼,爱莉丝很兴奋。

这天,在大楼里,她遇到了旧时的朋友莎米。一见面,莎米就有些不太友好地说:"爱莉丝,你经常做日光浴呀!"

爱莉丝觉得纳闷:"天啊! 你怎么会知道? 噢,一定是从我这健康的肤色上看出来的吧?"

莎米冷冷一笑,回答说:"不! 几乎整个大楼里的人都知道,你做日光浴趴的那块地方,是这家饭店顶楼餐厅的玻璃天花板……"

莎米话还没说完,爱莉丝已经晕倒在地上……

(顾文明　编译)

缘　由

　　帕特走进都柏林的一家酒吧，要了三扎吉尼斯黑啤酒。他一杯接一杯地细细品味，喝完之后，又要了三扎。

　　侍者对他说："酒一倒出来就会跑气，你一扎一扎买，喝起来岂不是味道更好？"

　　"你说得没错。"帕特朝他点了点头，"可事情是这样的：我有两个兄弟，一个住在美国，一个住在澳大利亚。分手时我们约定，大家都要用这种方法喝酒，纪念以往我们三个人一块喝酒的那些日子。"

　　帕特的话引起了侍者的极大兴趣。帕特成了这家酒吧的常客，每次他总是三扎三扎地要酒，他和侍者也成了无话不谈的朋友。

这天,帕特又来喝酒,可这回他只要了两扎啤酒,喝完后再要时,他还是只要了两扎。

侍者小心翼翼地对他说:"你失去了亲人,我向你表示慰问。"

帕特起初对侍者的话大惑不解,随后就醒悟过来了,哈哈大笑道:"噢,你误会了。我的兄弟们身体都很好,只不过是因为我自己戒酒了。"

（张联巧　编译）

假牙

西蒙先生是一家公司的董事，一次，他应邀去参加一个盛大晚宴，还要在宴会上发表演说。

西蒙匆匆赶到会场，这时离宴会开始只有五分钟了，正当他暗自庆幸没有迟到的时候，突然发现自己犯了一个致命的错误：忘带假牙了！

邻座一位贵宾见西蒙一副焦虑的样子，忙问："先生，我能帮您什么吗？"

"天哪，怎么帮法？我……我……假牙忘带了，这怎么演说呢？"

谁知那贵宾听罢，竟说："没问题，让我替您想想办法。"说着，那人很快从包里拿出一副假牙，"试试这个，怎么样？"

西蒙急忙戴上,试了试,回答说:"可是……有些松了。"

"喔,我这儿还有一副,您再试试。"那贵宾说着,又从包里拿出了一副假牙。

西蒙又试了试,答道:"怎么这么不巧,又太紧了。"

此时离宴会正式开始只有一分钟了,这可急坏了西蒙先生,不戴假牙上台演说,那真的要让人笑掉大牙了!

就在这时,又见邻座从包里掏出一副精致的假牙,西蒙一把抓过来,戴上一试,谢天谢地,竟是那么合适,就像自己平时用的那副假牙一样。

就这样,西蒙戴了这副假牙,上台作了精彩的演说,台下不时发出雷鸣般的掌声。

演说之后,西蒙走近那位热心的邻座先生,紧紧地握着他的手,说:"尊敬的先生,您的帮助实在是太及时了!喔,对了,我正想寻找一位有名的牙医,能不能告诉我您的诊所在哪儿?"

那人有点尴尬:"对不起,西蒙先生,我不是牙医,我在殡仪馆工作,我是假牙收藏爱好者……"

西蒙先生一惊,刹那间脸色煞白:"我的妈呀……"

(耿人健)

依样画葫芦

　　有一次,总统邀请一批同乡人到宫里来做客,备下了丰盛的早餐。客人们怕失礼,商量着一举一动该如何办,商量的结果是:总统怎么做,大伙就怎么做。

　　开始,一切都挺自然的。可是,到上咖啡的时候,令人担心的事儿终于不可避免地发生了:总统把杯子里的咖啡倒了一点在碟子里,加了糖,又放了一些乳酪。于是客人也都一一照办,认为这是一种高级的吃法。谁知末了,这位总统先生却没吃,而是把碟子放在地板上——他喂猫啦!

　　同乡人面面相觑。

(黄文明　编译)

学生礼物

学年结束时，一位幼儿园女老师不断收到学生送来的礼物。

这天是星期五，女老师的办公室一下子来了三个送礼物的学生。

第一位是花匠的儿子，他送给老师一个大包装盒。女老师摇了摇，举过头顶，然后说："我敢打赌我知道这是什么，是一些鲜花！"

"说得对，"小男孩说，"可您是怎么知道的呢？"

老师笑了笑，说："噢，我是瞎猜的。"

第二位学生是糖果店老板的女儿，她也给老师送来一个大包装盒。老师把礼物举过头顶，晃了晃，说："我打赌我能猜出是什么，是一盒糖果！"

小姑娘大张着嘴,惊讶地说:"没错,可您怎么会知道的呢?"

老师摸了摸小姑娘的头,也笑着说:"噢,我是瞎猜的。"

第三位学生是酒店老板的儿子,他也送了老师一个挺大的包装盒。老师把那包东西举过头顶,但它正往下渗漏东西。她用手指蘸了一滴渗漏物,往舌头上一抹,问道:"是葡萄酒吗?"

"不是,"男孩回答说,显得有些兴奋。

老师又重复了一下刚才的动作,将更大一滴渗漏物涂到了舌头上,再问道:"是香槟酒吗?"

男孩回答说:"不是!"显得更兴奋了。

老师又尝了一次,然后说,"我不猜了,到底是什么?"

男孩兴高采烈地回答:"是一只小狗!"

(张 玲 青 闫 编译)

猎狮子

　　有个非洲部落受到一只流浪狮子的骚扰,酋长听说来自欧洲的著名猎人道格拉斯正在附近旅行,于是重金请他猎杀狮子。

　　道格拉斯满口答应,并制定了完美的捕杀方案。他先向酋长要了一张小母牛的皮,入夜之后,就化装成小母牛,在村子附近游荡,准备诱狮子出现,然后用枪将它射杀。

　　整个部落的人躲在他们的住处,不敢出来看。半夜时分,只听见道格拉斯惨烈的叫声响彻了夜空,吓得大家拼命向神灵祷告。

　　直到曙光初现,酋长带着几个最勇敢的村民到附近搜索,终于在一棵树上找到了可怜的道格拉斯。只见他披在身上的小母牛的皮早没了,浑身伤痕累累,趴在树上像死了一样。

"嗨,你还活着吗,欧洲人?"酋长问道。

"还有一口气,"猎人奄奄一息,"幸亏我爬上了这棵树。"

"那……那只狮子呢?"酋长试探地问道。

"别提那见鬼的狮子了,"道格拉斯恨恨地说道,"昨晚村子里,是哪个混蛋的公牛没拴牢?"

(蒋　猛　改编)

鞭 挞 讽 刺

在甜言蜜语中,假话听起来像真话,真话实际上是假话。

生活典范

　　美国中部有一家大银行,总裁叫威尔逊。这天,他在自家客厅里会见一位前来向他的独生女儿洛蒂求婚的年轻人,年轻人的名字叫凯文。

　　此刻,威尔逊将两条腿跷在面前的桌子上,用嘲弄的目光看着年轻人,说:"凯文先生,你想向我女儿求婚,这是绝对不行,永远不行的。你求婚的目的,显然是盯住了我的钱。你说,你只有两百块存款。开玩笑,两百块钱你怎么养活我的女儿?"

　　威尔逊点燃雪茄,吸了一口,放肆地把烟喷在年轻人的脸上,又说道:"你也许会说我从前曾过过连两百块钱也没有的日子。这话不假,但我像你这样大年纪,早已挣到一份很大的家业了。这是因为我的肩膀上有头脑,而你却没有。嗬,你竟敢在我面前不以为然地乱动一气？我劝你还是老实一点，否则我会叫我的仆人把你从这里扔出去。听着，用心听我说话，也好使你长长见识！"威尔逊于是就向凯文吹起了他的发家经。

威尔逊十六岁时穷得一无所有，就到内布拉斯加州找他的叔叔。他怂恿他的叔叔处死一个反正要私刑处死的黑人。他把刑场用栅栏围起来，行刑那天，来看的人都得买门票。当天晚上，他把卖票所得的款子席卷一空，溜之大吉了。

他用那笔款子在北部地区买了块地，然后放出风声，说在地里挖到了金子，结果使那块地卖到了很高的价钱。他把那些钱都存进了银行。

后来，他就办起了一座毛皮厂。由于他善于买空卖空，就发了大财。一年以后，他陆续把他的资本分存到几家加拿大银行，然后宣布破产。由于欠债他被抓了起来，但在法庭上，他大装其疯，骗得法官们信以为真，律师们不但为他洗清了罪名，还当场为他募捐。他用这笔捐款来到了加拿大。

后来，他又把布鲁克林区百万富翁哈密尔斯特的女儿拐到旧金山，并威胁哈密尔斯特，结果如愿以偿地得到了他的女儿。

威尔逊说了他的发家经后，得意地说："你看，凯文先生，我年轻时多有能耐，而你却庸庸碌碌，毫无作为——你这人可真笨呀！你说从海里救了我的女儿，这件事你干得不错，但我看不出这样做对你会有什么好处，看你不是因此把脚上的新皮鞋都弄糟了吗？至于谈到你对我女儿的爱情，那我就更加不明白我为什么要为这事掏腰包，尤其是对你这样一个傻瓜掏腰包！瞧，你又在椅子上乱动啦！请你冷静一下，老老实实回答我几个问题：你过去干过什么大事？"

"没有。"

"你打算向我女儿求婚吗？"

"对。"

"她爱你吗?"

"爱。"

"你带了多少钱来?"

"四十块。"

"好啦,我同你谈了三十多分钟的话。你不是想领教一下生财之道吗? 那就赶快付我三十块钱吧:计时收费,一分钟一块钱。"

年轻人争辩道:"不过对不起,威尔逊先生……"

"没有什么'对不起'的。"威尔逊鼻孔里冷笑了一声,看了看手表,说,"又过了一分钟,你要付给我三十一块钱啦。"

当吓得发慌的凯文赶紧将谈话费付清后,威尔逊先生便老实不客气地下了逐客令,把他轰了出去。

等凯文走后,威尔逊对女儿说道:"我才不要这种宝贝女婿哩! 你爱的这个家伙是个大笨蛋。他永远也不会变机灵。"

"这样说来,"洛蒂惴惴不安地问道,"他是绝对没资格当我丈夫了?"

"目前这种情况下,他是绝对没资格的,"威尔逊先生斩钉截铁地说,"除非他能显示点什么本事表明他有出息,否则他就休想!"

第二天,威尔逊出门办事去了,一个星期后才回来,他在写字台上发现了一张纸条,上面写着:

敬爱的威尔逊先生:

上周鄙人承蒙您不吝指教,非常感谢。

您的那些模范事迹使鄙人深受鼓舞和启发,现已将你保险柜里的现金、股票全部取走,并同您女儿一起前往加拿大去了。

凯文敬上

底下还有几行附笔：

亲爱的爸爸：

　　我们俩恳求您的祝福。顺便告诉您一声，由于没有找到开保险柜的钥匙，保险柜是我俩用火药炸开的。

　　吻您。

洛蒂

威尔逊双手捧着纸条，愣在那儿，真不知道此时是喜还是悲。

（赵蕴宏　改写）

轮流付账

　　弗利克斯是个吝啬的小伙子，半个月前，他认识了一个女孩，名叫莉比。

　　这天，莉比提议进城去玩，弗利克斯嘴上说好，心里却舍不得花钱。幸好莉比表示她是个新派女性，她不想要弗利克斯一个人付钱。最后，两人商议下来，决定轮流付账。

　　弗利克斯和莉比约定在城里见面，然后叫上出租车直奔酒吧。路不远，车钱只要一个半美元。莉比说："女士优先。"抢先掏了腰包。在酒吧里，莉比喝了香槟，还吃了大虾吐司，共花去八美元，自然是弗利克斯付的账。

　　从酒吧到电影院很近，莉比坚持付了一美元二十美分车钱。轮到弗利克斯买电影票，用去十美元。进场时，莉比又买了一袋爆米花,付了半个美元。这一来,弗利克斯心里就不太乐意了。

虽然这天的电影很精彩,但弗利克斯的心思已不在这里了,他在盘算:如果待会儿自己付了车钱,那就该莉比付饭钱了。

可谁知电影中场要休息十分钟,莉比建议出去活动活动手脚,弗利克斯只好陪着她到走廊上去走走。莉比要了一杯橘子水,这该是弗利克斯付账。这时候,入场铃响了,想到等下该莉比付车钱而自己该管饭时,弗利克斯急了,他突然转回身,对莉比说:"我也要一杯橘子水!亲爱的,现在该你付钱了。"

莉比二话没说,马上付了账。这下弗利克斯放心了。可没想到,电影放了一会儿竟断片了。灯亮后,莉比转过头说她不愿干等着,还想吃点儿什么,弗利克斯在座位上磨磨蹭蹭不肯去买。正在这时,一个卖冰淇淋的小贩不知从哪儿钻了出来,没办法,弗利克斯只好给莉比买了一个冰淇淋蛋卷。这下可好,弗利克斯哪还顾得电影里在演些什么,满脑子尽想着接下来自己该怎么办了。

电影散场后,两个人上了出租车。弗利克斯心里暗暗叫苦:莉比付了车钱,就该他付饭钱,也吃不准莉比会点什么样的菜!正精神紧张时,突然,汽车爆胎了。两人下了车,莉比付了车钱。当他们又拦了一辆出租车继续去饭店的时候,弗利克斯兴奋得快疯了:真是天助我也!接下来该是我付车钱而由莉比来付饭钱了。

于是,当他们在餐桌旁坐定,弗利克斯便放开了胆子点菜,要了法式洋葱汤,又要芦笋配牛排,再加龙虾沙拉,等等,等等,最后还叫了一道"去皮苹果",菜单上注明它是水果中最贵的一种。莉比坐在旁边目瞪口呆地看着他狼吞虎咽,吃完饭,弗利克斯觉得还不尽兴,买单之前又要了一支雪茄。

哇!这下可有好戏看了。弗利克斯自己也没想到,他要这支雪茄,犯了一个致命的错误。因为他平时不吸烟,身上没带打火机,就这一会儿工夫,莉比起身去柜台,花五美分替他买了一盒火柴,笑吟吟地递到他面前。弗利克斯气得脸色铁青而又无话可说,只好乖乖地付了一百美元的饭钱。

　　这以后的事自然不用再提,弗利克斯扫兴而归,这天晚上,心疼得整宿闭不上眼……

(唐人杰　改写)

当乞丐

培德在警察局当一名便衣警察,任职两年多了,还没有干出什么令上司满意的成绩来,当然也就不会得到嘉奖,局里几次加工资,都没有他的份。

这天,队长把培德叫到办公室,开门见山便说:"培德,现在有一项重要任务交给你。"一听有重要任务,培德忙支起双耳,生怕漏掉半个字。队长接着说:"明天起,你到班尼尔大街一幢银灰色大厦的对面,观察进出的人,每两天向我作一次汇报,听清楚了吗?""听清楚了。"培德回答得挺干脆,他想,这次一定要干得出色点,以赢得上司的好感。培德刚要离开,队长又叫住了他:"重要的一点,培德,你要化装成乞丐。""为什么?"培德一听自己要装乞丐,似乎有些不太情愿。"这样才不至于暴露目标,笨蛋!"队长边说边取出一套又脏又破的衣服,不由分说就替培德换上,然后拿起剪刀,三下五去二就把培德一头漂亮的头发剪得凌乱不堪,接着又往他的脸上抹上黑灰……搞得差不多了,队长把培德拽到镜子前面,培德再一看自己的"尊容",真是哭笑不得。

第二天,培德就站到了班尼尔大街那幢银灰色大厦的对面,将一顶破帽子朝天放在地上,可怜兮兮地望着大街上的行人。从他面前经过的人,没人看出这个乞丐是个假的,都以为他生来就是个要饭的。

便衣警察的队长来了,他也装作是与培德不相关的行人,朝破帽子里扔了两元钱,悄声说:"培德,就这样,挺好,注意观察。"

队长本不打算在大街上再与培德接触,怕引起别人的注意,但是一个礼拜过去了,他还没有接到培德的情况汇报。是不是培德被人识破,发生了意外?队长想到这里,决定实地再去察看一下。于是,他作了简单的化装,迅速来到班尼尔大街。

只见培德破衣烂衫正蹲在老地方,一脸苦相。队长的火"腾"地就蹿起来了,他大步跨到培德面前,压低声音说:"培德,你为什么不向我汇报?"培德一惊,抬头见是队长,不知说什么才好。这时有人过来给培德扔钱,队长忙撂下一句:"今晚八点,我在办公室等你的书面报告。"便匆匆离开了。

晚上,队长在办公室里等着培德,八点已经过了十分,培德还没来,队长急得骂了起来。正骂着,培德推门进来了。队长忙问:"培德,报告带来了吗?""带来了。"培德边答应边递上一份报告。队长一把夺过,刚看了一眼,脸色就变了:"培德,你这是什么意思?"原来培德递给他的是一份辞职报告。

"培德,你的神经是不是有了毛病,疯了吗?"

培德却显得比较平静:"队长,我很正常。"

"正常?不可能。"队长把头使劲摇了摇,"培德,这其中肯定有名堂,你瞒不了我。"培德犹豫了一下,说:"这您就别问了。"

"不行,你必须得说。"

培德见队长不依不饶,只好说了实情。原来,培德这几天当乞丐的收入,远远超过他在警察局辛辛苦苦干上一个月的,而且还自由自在,不受任何人的管束。因为忙着收钱,就把队长交待的任务忘到了九霄云外。

培德递给队长一个小本子,上面记录着每天讨来钱的数目。见队长看得很认真,培德便又说道:"我是托您的福才得到这些钱的,所以我才把真相告诉您,您可千万别把这个秘密泄露给其他人。"

队长笑了:"培德,这个秘密只有咱俩知道,你可也要注意,不要走漏风声。"

培德没想到队长如此通情达理,正要感激两句,队长却兴奋地拍拍他的肩膀,有些神秘地说:"我也准备在大街上选一个地方,干一干这个新的行当。"

(吉凤山 改编)

许愿

　　杰克在海滩上捡到一个瓶子，他拔掉瓶塞，突然从里面冒出个大怪物。怪物说："我可以满足你三个愿望。"

　　"太好了，"杰克叫了起来，"第一个愿望，我想要一百万美元。"话音刚落，随着火光一闪，一张瑞士银行一百万美元的支票落到了杰克手上。

　　"第二个愿望，我想要一辆法拉利小轿车。"火光又是一闪，一辆崭新的红色法拉利轿车停在了杰克身旁。

　　"最后一个愿望，我想变得魅力无穷，让任何女人都不能抗拒我。"噗，一个更为耀眼的火光闪过，杰克变成了一盒精美的巧克力。

（刘肖岩　编译）

天衣有缝

　　在日本东京,有两个飞天大盗,高的叫本田五,矮的叫山本六,两个人干小偷营生已有二十多年的历史了。一般来说,山本六负责"踩点",还喜欢下毒;而本田五则是撬保险柜的老手,无论多么复杂的保险柜,到了他的手中,五分钟不到,就被打开了。这两个人搭档,天衣无缝,一直没有失过手。

　　最近,山本六探来一个情报:某高级住宅区有户人家,富得冒油,主人经营的菜场在整个日本都数一数二。一个星期以前,一家人全都外出旅游了,只留了一条狗看守门户。

　　山本六把这个情况跟本田五一讲,本田五大腿一拍:"好,就偷这家!"可话一出口,他又犹豫起来,"不过,狗一叫,不是给警察报信了吗?"山本六接口道:"那怕什么? 我扔个肉包子过去,不就什么都解决了?"

本田五摇摇头,说:"不行。这家人的狗不比寻常,什么样的好东西没吃过? 肉包子可能打不倒。"

山本六听了,觉得有理,沉默片刻,又说:"我有主意了。东京有个'狗跳墙'牛肉馆,我们去那儿买来上好的牛肉,里面放点蒙汗药,我们自己动手做,不怕那狗不上当。"

半天过去了,牛肉买来做好,隐隐的,果然有股奇香。

这天晚上,趁着浓浓的夜色,两个人来到这家豪华公寓前,他们伏下身,侧耳细听,周围一点也没动静。山本六"扑"的先扔出一块小石子,忽地,只见一条黑影一闪而过,接着就没有了声音。两个小偷对视了一眼,山本六从袋里掏出牛肉包,咽了咽口水,瞅准了,高高地抛了过去。

过了几分钟,见没有动静,两人便爬上高墙,接着跳了下去。

突然,一阵刺耳的狂吠声划过寂静的夜空:"汪汪汪——"

山本六被狗咬住了,疼得叫了起来:"哎哟哟,大、大哥,快来救我。你这畜生,放开我,放开我!"

狗叫声、喊救声闹成一团,隔壁邻居的灯一起亮了。

"吵死了,怎么回事?""快报警,小偷来了!"住宅区一下子沸腾了,巡逻车急驶而来,警察不费吹灰之力就将小偷逮了个正着。

第二天,警察对闻讯赶来的主人说:"好险啦! 多亏了你家这只狗,你瞧它长得多漂亮啊,小偷一个劲地嘟噜:'没想到这么香的肉都不吃……这还是第一遭呢!'"

主人双手合十,道:"阿弥陀佛! 本人是素食主义者,平时只吃蔬菜,狗跟我这么多年,饮食都习惯了,它是决不会吃肉的。"

(章吾一　编译)

荒 诞 不 经

如果不尽力按照自己的意愿去生存的话，活着是很荒谬的事。

忠贞的赏赐

有三个男人，死后来到天堂。

在天堂的大门口，天使问第一个男人："请问先生在世时是否对太太忠实？"

第一个男人搔了搔头道："我结婚后曾经干过三次拈花惹草的事儿。"

天使耸耸肩道："对不起，你只能得到一辆助动车。"

于是又问第二个男人，那人承认有过一夜风流。天使告诉他，他会得到一辆小汽车。

最后，天使问第三个男人，那男人指天发誓，说他一生都忠于太太，从未有过非分之想。

天使嘉奖了他一番，说道："像先生这种人已不多见，你会有一部豪华'奔驰'的。"

过了几年之后,他们三个人驾车外出,在一个十字路口吃红灯停了下来。骑助动车和开小汽车的两个男人,看见驾驶豪华奔驰的忠贞男人在哭泣,便问他出了什么事。

忠贞男人指着前面说:"我刚才看见我太太了。"

"这是好事情啊,你们夫妻俩又可以在天堂相聚了!"

"可是,"忠贞男人哽咽道,"我看到她骑着一辆只有马戏团才有的那种独轮车。"

(秦凤敏)

古怪的机器人

博士先生最近研制出一种机器人，它什么活都会干。

有个富翁得知消息，便找到博士先生，说："请务必把它卖给我吧，我打算让它陪着我在孤岛的别墅中安安静静地过一段日子。"

博士点头应允。

于是，一艘快艇把富翁和他的机器人送上了孤岛，说好一个月以后来接他。

富翁觉得浑身舒坦，这回可以好好地休息一下了，再也没有电话打搅，也没有人登门来访。"喂，"他吩咐机器人，"给我来杯啤酒。"

话音刚落，机器人马上就把啤酒端来，还替他倒进杯子里。

"果然名不虚传！"富翁情不自禁地夸起机器人来，"干得真不错！再给我来点吃的吧，这会儿我肚子饿了。"

"是，明白。"转眼工夫，机器人做好了饭菜，又端了上来。

机器人不仅会做饭，还会收拾餐具，清扫房间，甚至还会调试钢琴，或与富翁谈一些有趣的话题。就这样，富翁开始了他愉快的孤岛假日。

不幸的是，快乐的日子只过了两天。第三天，这机器人就出了毛病，无论你大声命令也好，拍它的脑袋也好，它都不理睬，问它话也不回答，更别提清扫和做饭。没办法，富翁只得自己动手。等富翁把这一切都料理完了，机器人又恢复了原先的样子，老老实实地干起来。

富翁明白了：虽说这是机器人，总也得时常让它休息一下。于是他便尽量合理安排使用机器人。

然而不愉快的事情又发生了：第二天，机器人擦玻璃擦了一半就跑掉了，富翁急忙去追，却怎么也追不上，后来在通道上挖一个陷阱，才把机器人抓到。可奇怪的是，机器人刚到家，就好像忘了刚才那码事，又埋头工作起来。

富翁大伤脑筋，可这里是孤岛，不通电话，也没法请教博士。

好不容易过了半个月，现在机器人每天都闯点什么祸出来，有一次它突然做出粗暴的举动，挥动双臂朝富翁猛扑过来，吓得富翁拼命地朝别墅外逃，最后爬到一棵树上藏起来，才算完事。富翁心里懊恼万分，直怪博士怎么卖给我这么一个不中用的机器人！

又好不容易过了半个月，富翁坐上来接他的快艇回到城里，他气呼呼地直冲博士家里，见面就说："我可倒了大霉了！你那个机器人天天都出毛病，不是偷懒就是对我抡胳膊。"

博士听了却不以为然地说："这就对了。"

"对什么呀，你可是害苦我啦！"

　　"这你就不懂啦！我可以制造既不会偷懒又不会对人抡胳膊的机器人，但是如果你和那样的机器人生活一个月，就会由于运动不足而发胖，或者使大脑变得迟钝，那样的话你会感到更苦恼。所以对人类来说，目前这种机器人是再合适不过的了。"

　　"原来是这样。"富翁恍然大悟。

（肖阜松　编译）

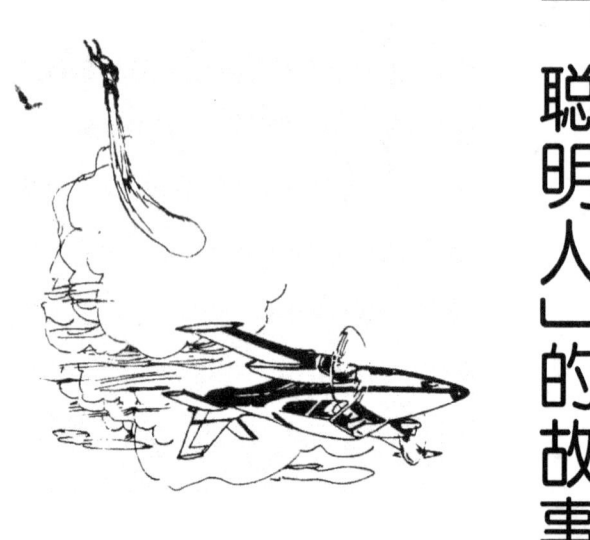

「聪明人」的故事

　　这天天气晴朗，一架小型客机从巴黎飞往伦敦。飞机上一共有五个人：一个驾驶员，一个牧师，一位老者，一名登山运动员，还有一个"聪明人"。飞机飞得十分平稳，这几个人就在飞机上谈天说地聊开了。

　　过了十几分钟，驾驶员走进机舱，一脸愁容地对大家说："对不起，飞机出了些故障，再过五分钟就要坠毁，所以请大家准备跳伞逃命吧！但麻烦的是飞机上只有四副降落伞，也就是说，我们五人中必须有一人得作出牺牲。不过我得先走一步，我要下去查一查怎么会出如此故障的，将来好向各位交待。"说完，就背起一副降落伞，打开舱门，跳了出去。

　　飞机上剩下的四位乘客你看看我、我看看你，只要能活下来,哪有愿意死的?

那位牧师首先站了起来,在胸前划了个十字,说:"对不起,各位兄弟,我这次去伦敦是为了超度上千个亡魂,如果我不去,他们的灵魂就升不了天堂,这是很悲惨的! 所以我也得赶快下去。"说完,他也背起降落伞跳了出去。

这时,那个聪明人忍不住了,眼珠一转,站起来对老者和运动员说:"我想你们可能知道我是谁,我的外号叫'聪明人'。我这次去伦敦是为了参加'世界聪明人大赛'的,我个人牺牲事小,国家荣誉事大,我想你们一定会支持我的。"说完,也拿起包跳了下去。

"时间已经不多了,"那位老者对登山运动员说,"飞机已经开始摇晃,小伙子,你背上它快走吧,我已经活了这么大岁数了,该享受的都已经享受了,就是现在死了,也没有什么可遗憾的。你不同,你还年轻,所以请你不要再犹豫了。"

登山运动员非常冷静地听完后,哈哈一笑,说:"老人家,何必那么悲观呢? 刚才那个聪明人,他是背着我的登山包跳下去的!"

(张毅明)

　　杰克和玛丽是一对恩爱夫妻,他们有一个儿子。谁知儿子五岁了,还不会说话,夫妻俩很着急,带着儿子四处求医问药。

　　这天他们听了朋友的介绍,来到一个很有名的巫师家。巫师给孩子看了后,安慰他们说:"别担心,这孩子不出一个礼拜就会开口说话。不过你们要有思想准备,他最早叫的三个人会立刻死去。"

　　果然,过了几天,孩子真的会说话了。他先叫了一声"外公",外公无疾而终;紧接着他又喊了一声"外婆",外婆也安然死去。

　　一天早上,妻子外出买菜去了,杰克在家哄孩子玩。玩啊,玩啊,突然孩子喊了一声"爸爸!"

杰克一听,不禁打了个寒颤,知道死到临头了,就洗了个澡,穿上新衣服,躺下等死……

过了好一会儿,妻子玛丽买菜回来了,她推门一看,喊道:"你躺在地上干啥? 快起来参加葬礼——邻居死了。"

杰克爬起来揉揉眼睛,心中好生奇怪:我怎么没死? 难道我不是儿子的爸爸?

(李宗明　改编)

意 味 深 长

在同人类的弱点和缺陷作斗争时，难免会出现一些困难时刻。

官员和牧羊人

有一位官员，结束了在政府学校的学习后，到乡村去散心。

路上，他看到一个牧羊人赶着一群绵羊，便笑着说："你想和我打赌吗？在一分钟内我能数出你的羊有多少只。如果我赢了，你同意给我一只羊吗？"

那人点点头："同意。"

这位官员便开始数起羊来。一分钟后，他宣布："你有129只羊。"

"太对了！"牧羊人惊奇地叫起来，"您怎么会数得这样快呢？"

"噢，很容易，那是我在学校里学的。好吧，根据我们打赌的协议，我有权要一只羊……我就要这只羊了。"

就在这时,牧羊人提出了要求:"如果我在十秒钟内猜不出您的职业,您可以得到两只羊;如果我猜出来,那您把刚才的那只还给我。"

官员也点点头:"这真让人吃惊,开始吧!"

"您一定是一位官员,而且受过政府学校的培养。"

"猜对了!你是怎么猜出来的?"

"我是根据您刚才选中的那只羊猜出来的⋯⋯因为,那是一只狗。"

(王忠田)

女王捡废铁

　　第二次世界大战期间,由于军事工业的迅速发展,各国的钢铁供应都十分紧张。当时英国为了解决这个矛盾,在全国掀起了一个声势浩大的捡废旧钢铁热潮,以支持前方的抗德战争。为了响应这一号召,女王也积极带头参加,在王宫里专门安排一间房,放置她捡的铁丝、钉子之类的东西。

　　一天早晨,她外出散步,不久就得意洋洋地拖着一大块奇形怪状的废铁回来了,兴高采烈地说:"真是幸运,别人都没看见,只有我看到了。"说完,她将废铁扔到了她那个专门放这类东西的房子里。

　　但没有多久,一个仆人就急急忙忙进来向她报告:"陛下,有个农夫要求见您。"

　　女王很奇怪:"农夫找我干什么?"

　　仆人毕恭毕敬地回答:"陛下,这个农夫说他回去用早餐时,您从他的地里经过,将他的犁铧拖走了。他请求您开恩还给他,要不,他就种不成地了。"

(古　风)

园

丁

一个美国贵妇人到法国巴黎旅游。

一天，她走过一幢非常漂亮的别墅，看见一位老人正在别墅的花园里整理花草，修枝、剪叶、培土、浇水……他干得是那样的全神贯注、一丝不苟。贵妇人心想：这肯定是个任劳任怨、责任心特强，而且经验丰富的老园丁。自己家里那个花园，如果让这样一个园丁来打理……

贵妇人想到这里，便径直走进花园，来到老人面前，先打招呼，后说花卉，接着又大谈美国如何富裕，生活如何好，说了个天花乱坠。可老人却只是笑笑，啥话也不说。最后，贵妇人来了个单刀直入，问老人愿不愿意去美国做她家的园丁，要是愿意，可以给他比这里高一倍的工资，还报销飞机票。

老人听了,非常高兴地说:"这么优厚的待遇,我当然愿意应聘。但是……我现在还不能去,因为我还兼有其他工作,得再过两年之后才能离开。"

贵妇人暗暗在想:自己再过两天就回美国了,不可能在此等候,别说两年,两个月也不行。放弃吧,又觉得可惜,这么好的园丁,上哪找去? 怕是过了这个村就没这个店了。这可怎么办呢?

贵妇人转念一想,这么个种花老头,又能兼什么职呢? 还不是给人送送奶、送送报什么的。于是就说:"你把兼职都辞掉吧,因此而造成的经济损失,由我承担,绝不让你吃亏,你看怎么样?"

老人听完还是笑笑。他说:"太太,您如此看得起我,实在让我感动,我都不知怎样感谢您才好了。不过,请太太原谅,现在确实不行,因为我担任的职务是受大家的委托,哪能说走就走? 我再干两年,等大家委托别人后,我再来给您当园丁,好吗?"

贵妇人见他这样推三推四,心里有点不太高兴,她说:"你到底兼着什么职,让你这么扔不下,难道是国家总统?"

老人哈哈大笑,说:"太太,您说对了,我就是法兰西共和国的总统。"

(邱开文)

选强盗

在日本的某个城市里,有个独自生活的老太婆。据传,这个老太婆很有钱,强盗也曾多次光顾她家,但奇怪的是,她一次也没报过警。

一个月黑风高的夜晚,又一个强盗慕名而来。他揣着把菜刀,到了老太婆家门口,伸手按响了门铃。不一会儿,"吱"的一声,门开了,强盗乘机"吱溜"一下闪进门里,同时亮出了菜刀。

"哎唷唷,我的妈呀!"老太婆扶了扶鼻梁上的老花镜,朝强盗上上下下一打量,说,"你这么心急慌忙干什么?进门也不脱鞋,多不好的坏习惯!"

强盗这才看清,面前的这个老太婆确实老了,一头白发,弓着背,佝偻着腰。他想,对付这样的老太婆,简直不费吹灰之力,哪还用得着动刀！于是他把菜刀往腰里一插,说:"我来干什么,你应该心中有数吧。"老太婆不动声色:"你不就是个强盗嘛,就是来弄钱的嘛,我说得没错吧?""你既然明白,那就识相点,免得我动手!""好吧,请你稍等片刻。"

老太婆从抽屉里取出钥匙,打开了保险柜,捧出一堆钞票放在桌上,说:"对不起,今晚只有这些了,这是1000万日元,你就拿走吧。"

强盗见了这么多钱,心花怒放,暗想:这个老太婆真是慷慨得名不虚传。便像饿狼扑食似的抓起一沓沓的钞票往口袋里装,直到把所有的衣袋都塞得鼓鼓的。正打算要走,老太婆说:"我想再问一句:你打算怎么用这笔钱呢?"

强盗笑笑:"实话告诉你吧,我还是头一次干这一行。那是因为我在赌场上栽了跟头,欠下许多赌债,走投无路才铤而走险的,想不到你老人家这么大方。嘻嘻,有了这笔钱,我就能还清赌债,余下的存到银行里,那以后就细水长流、吃穿不愁了!多谢老妈妈,你多保重!"说完便走。

突然,老太婆在背后叫了一声:"你等等!"

强盗以为老太婆又想起什么首饰珠宝要一块儿给他,喜滋滋地回过头去,却一下吓得目瞪口呆。原来,黑洞洞的枪口正对着自己!他万没想到老太婆会来这一手。

老太婆说:"告诉你,我只要按一下电钮,警察马上就会赶到!在警察到来之前,你给我老老实实地坐着,你如果想反抗,我就开枪!我的枪法不是吹牛,说打你鼻子,绝不会伤你的嘴巴!"

强盗只得求饶:"老妈妈,我求求你,放我一码行吗?"

"不行!但我可以在警察面前为你美言几句,说你这个强盗还没有坏到极点,举止行动还比较文明。怎么样?先坐下吧。"

强盗坐到了椅子上,又说:"老妈妈,听人家说,你多次遭到抢劫,可你从未报过警。莫非传说是假的?"老太婆摇摇头:"没假,全都是真的。""那为什么轮到我你就要报警?""因为你是我不称心的强盗!"

老太婆说她曾经先后接待过三个强盗:一个是赌马输光了的,另一个是玩股票赔光了的,还有一个是挖温泉失败了的。他们都因为倾家荡产,无路可走,才来老太婆家抢劫的,目的是搞钱扳本。

强盗听老太婆这一介绍,很不服气地说:"我也是赌场上的败将,这你知道,可为什么不平等对待呢?"

老太婆挥了挥手:"你别急,先听我说完嘛!那个赌马小子,我给了他300万日元,并且告诉他说,第三跑道的8—8号马能中头彩,他听了我的话,果然赢了,三天后,他便还我600万。那个玩股票的,我给了他500万日元,还教了他几手玩股票的窍门,他也赢了,他是以两分息计算,连本带利一起还给我的。至于挖温泉的那个家伙,我给了他800万日元,我建议他三点式挖三处,结果挖出了泉水,他还了我800万,还答应我每年可免费去洗一个月的温泉澡。你是第四个上门的,我给你是1000万,如果你打算去摸彩什么的,我倒是可以帮你一把,可你却说除了还债便存银行,自己慢慢用,那我这笔钱不等于肉包子打狗——有去无回啦? 我能让你拿走吗?"

老太婆说到这里,摁响了警报器。

(顾 诗)

从前，有个埃塞俄比亚女人，很为她的丈夫烦恼，因为丈夫对她很凶，根本不把她放在眼里。

于是有一天，这个女人带着烦恼去找当地一名巫师。她把满腹苦水都倒了出来，然后急切地问巫师："您能授予我一种魔法，使我的丈夫重新爱我吗？"

巫师沉思了一会儿，说："我会帮助你的。可是首先，你必须从一头活狮子的颈部拔三根鬃毛给我。在我授予你魔法之前，我必须得到这三根毛。"

女人谢过巫师就回家了。一路上，她不住地思忖道：我怎样才能得到这三根毛呢？有只狮子倒是常到村子附近转悠，可是它看起来是那么凶恶，吼叫声听起来是那么让人害怕，我怎么能得到它的鬃毛呢？她想了很久，走到家门口的时候，终于想出了一个好办法。

第二天，这个女人早早就起了床，带着一头小羊羔朝狮子出没的地方走去。她焦虑不安地等待着，狮子终于出现了！她迅速把小羊羔扔给狮子，然后就回家了。就这样，每天一大早，这个女人就动身给狮子送去一头小羊羔。为了得到丈夫的爱，她豁出去了。

狮子很快认识了这个女人，因为她每天总是在同一时间出现在同一个地方，给它送去鲜滋滋、嫩生生的小羊羔。在狮子的眼睛里，这真是个温柔细致的女人。

没过多久，只要这个女人一出现，狮子就向她摇头摆尾，让她抚摸它的头和身子。于是每天，这个女人都会轻轻地、充满爱意地抚摸这只狮子。后来有一天，她知道狮子完全信任她了，就小心翼翼地从狮子的颈部拔下三根鬃毛，高高兴兴地拿去见巫师。

"您看，"她一到巫师那里，就以胜利者的口吻嚷道，"我得到狮子的三根鬃毛了！"她把那三根鬃毛交给巫师。

巫师惊讶地问："你怎么会这么聪明呢？你是怎么得到这三根毛的？"

女人就把她怎么耐心地得到狮子鬃毛的经过告诉了巫师。

巫师脸上绽开了笑容，把身子往前一倾，说："你用驯服狮子的办法，就可以驯服你的丈夫了。"

（徐　岚　编译）